おかあさんの被爆ピアノ

Goto Toshihiro

五藤利弘

おかあさんの被爆ピアノ

1

遊歩道のコンクリートの階段を駆《か》け下《お》りる細い脚《あし》。

はやる気持ちからコンクリートに刻む足音はじれったい。

江口菜々子《えぐちななこ》は長い髪《かみ》をなびかせて階段を駆け下りる。

ターン、ターン、ターン――鍵盤《けんばん》を叩《たた》く音が足音に絡《から》んで響《ひび》いてくる。

調律をするその音は階段を下りた先の建物から響いている。

薄暗《うすくら》がりの中で古びたアップライトピアノの鍵盤を叩く指。

スラックスに作業ジャンパー姿の矢川光則《やがわみつのり》がチューニングハンマーを握《にぎ》りしめてごくわずかな音の変化に身体《からだ》の全神経を注ぐ。

鍵盤を叩く矢川の指には四十六年積み重ねてきた皺《しわ》が刻まれている。

古いピアノは白の鍵盤が象牙《ぞうげ》でできている。経年による変色か茶色がかっていて端《はし》が欠けているものが多い。ピアノ本体は重厚《じゅうこう》な家具調度のような風合いがあり塗装《とそう》は漆塗《うるしぬ》り。古いだけでなく、無数の傷が側面についている。

菜々子はピアノの音に吸い寄せられるように先鋭的《せんえいてき》な形の建物に入っていく。「被爆《ひばく》ピアノコンサート」と書かれた大きな看板を通りぬけていくと、目の前に大きな鯨《くじら》のような木造船が迫《せま》る。船尾《せんび》には手書きであろう黒い文字で「第五福龍丸《だいごふくりゅうまる》」と大きく書かれている。

今日、ここ「第五福竜丸展示館」で被爆ピアノの演奏会が開かれる。菜々子はそれを聴くために足を運んだ。

菜々子はその文字が想起させるものを考えながら演奏会のためにしつらえられた客席の空いている丸椅子《まるいす》に座《すわ》る。

「第五福竜丸」の船体に寄《よ》り添《そ》うように置かれた古いピアノが奏《かな》でられ、歌手がシューベルトの「アヴェ・マリア」を歌う。

言葉の意味は分からない。しかし、聴《き》き入《い》る聴衆《ちょうしゅう》の心に何かを訴《うった》えかけているよう。

矢川は聴衆の脇《わき》で背筋を伸《の》ばして直立したまま表情を変えずに聴いている。歌声は木造の船全体に浴びせるように建物の高い天井《てんじょう》まで響いて、菜々子の心にも歌声が沁《し》み込《こ》む。

菜々子は聴きながらいったい何を訴えているのだろうかと考えを巡《めぐ》らせた。考えてみるがぼんやりと浮《う》かびはするものの不確かだった。それよりも間近で聴く「アヴェ・マリア」の歌声が強く確かだった。

自分の意志を持たないと来ないだろうこの場所にいることが菜々子にとって不思議だった。広島と長崎のことは学校の授業でごく簡単に触《ふ》れられたのを聞いた記憶《きおく》がある。いや、二年前、大学受験のセンター試験対策で覚えたのだったかもしれない、その程度だった。

これまでを振《ふ》り返《かえ》って、第五福竜丸や「アヴェ・マリア」と自分とのつながりを思い起こそうとしてみるが、何も思い浮かばない。広島出身の母が第五福竜丸のことを話題にすることなど一度もなかったし、まして広島のことすらもほとんど話していた記憶がない。

余計なことを考えずにただ聴こう。

菜々子は聴いているうちに目を閉じて運指を真似《まね》てそらで鍵盤を弾《ひ》いていた。弾けない曲ではあるのだけれど。

曲が終わり、高校生たちがピアノの前に並ぶと、学校の先生であろうピアニストが不穏《ふおん》な旋律《せんりつ》を奏で、それに続いて強く心に突《つ》き刺《さ》さる詩を一節ごとに交代で読み上げる。手書きのプログラムに目を落とすと峠三吉《とうげさんきち》の『原爆詩集《げんばくししゅう》』の冒頭《ぼうとう》の詩らしい。

若者たちが強い言葉を聴衆にぶつける。

ちちをかえせ　ははをかえせ
としよりをかえせ
こどもをかえせ
わたしをかえせ　わたしにつながる
にんげんをかえせ
にんげんの　にんげんのよのあるかぎり

くずれぬへいわを
へいわをかえせ

やり場のない怒《いか》りと抑《おさ》えられない憤《いきどお》り――菜々子はこんなに強い感情を何かにぶつけたことなどなかったから衝撃《しょうげき》が大きい。

「にんげんをかえせ」という言葉など、絶対に自分の頭には浮かんですらこないと菜々子は思った。

自分だったら何を返せと言うだろうか。考えてみるが試験勉強で寝過《ねす》ごしてしまったときに時間を返してほしいとか、電車での通学途中《とちゅう》、誰《だれ》かが線路内に立ち入ってしばらく電車が止まったときに、無駄《むだ》になった時間を返せとか、情報誌で美味《おい》しそうな店を見つけて食べに行ったら、全然美味しくなかったときに払《はら》ったお金と掛《か》けた時間を返せとか、そんなことしか浮かばなかった。

初めて経験することばかりで菜々子は心を揺《ゆ》さぶられ続《つづ》けた。

コンサートの最後、単調だけれど繰《く》り返《かえ》すことで心に響いてくる旋律、女性のピアニストがベートーヴェンの「月光《げっこう》」を弾く。

繰り返されるピアノの旋律を聴いているうちに、菜々子は記憶の奥底《おくそこ》にあった幼いころの情景を思い出す。

――おばあちゃんが幼い菜々子に折り紙を折っている。皺だらけの指で折《お》り畳《たた》んでいき、四角くなった折り紙を広げると、ピアノが出来上がる。おばあちゃんは部屋の隅《すみ》にある本物のピアノに折り紙のピアノを向けてみせて「おんなじ」と菜々子に微笑《ほほえ》みかける。

ピアノには固いものが飛び散って刺さったような細かい傷がいくつもついているが、幼い菜々子はそこに気が向かない。

菜々子はおばあちゃんから折り紙を奪《うば》い取《と》ると、おばあちゃんに擦《す》りつくように身体を密着させてピアノと折り紙とを見比べている。

大好きなおばあちゃん――。

ずっと憶《おぼ》えていたはずだったおばあちゃんとの時間。いつの間にかそれを忘れていたことを思い出す。

「月光」の旋律が第五福竜丸の船体の下で響《ひび》き渡《わた》る。

演奏会が終わった展示館の中、黙々《もくもく》と音響《おんきょう》設備をかたづける矢川。金具を取り外す小さな音でも静まり返った館内に大きく反響《はんきょう》する。

矢川は外した音響機材を展示館の外に横付けした四トントラックに少しずつ運ぶ。

菜々子はそろりと歩いてくるとピアノの前に距離《きょり》を置いて佇《たたず》む。

ピアノは鍵盤蓋《けんばんぶた》に布を咬《か》ませて閉められていて、運ばれるのを待つだけになっていた。

傷ついた古いピアノを見つめる菜々子。

「弾いてみる?」

背後からの突然《とつぜん》の呼びかけに菜々子がビクリとして振り返ると、矢川が機材を取りに戻《もど》っていた。

矢川はピアノの鍵盤蓋を開けて菜々子を促《うなが》すように微笑みかける。

「あ、いえ。私、弾けないので……」

「ほう」

矢川は素っ気なく答えると布を取って鍵盤の蓋を閉め、ピアノカバーを被《かぶ》せる。手際《てぎわ》よくピアノを片足ずつ持ち上げ、台車に載《の》せてトラックへと運んでいく。

菜々子は第五福竜丸の船底を見上げる。

思いついたように矢川を追って展示館から出ていく菜々子。

矢川が関係者に手伝ってもらいながら、ピアノを四トントラックの昇降装置に載せてアルミの荷台の奥《おく》へと仕舞《しま》っている。ピアノを載せ終えると矢川は手伝ってもらった関係者に礼を言い、トラックのそばにまとめてある機材や小物を荷台に次々と仕舞っていく。

関係者は入り口に貼《は》ってある「被爆ピアノコンサート」の手作りポスターに気づくと剝《は》がし始《はじ》める。その脇をすり抜《ぬ》けて菜々子が四トントラックの荷台の前に近寄っていき、荷台の中をかたづけている矢川に思い切って声を掛ける。

「あの……」

「おお。まだおりんさったんか」

「私、先月、矢川さんにピアノを託《たく》した江口久美子《くみこ》の娘《むすめ》です」

そう言うと菜々子はすかさずバッグから招待状を取り出して矢川に見せる。

「江口菜々子といいます」

「江口？」

怪訝《けげん》そうな顔をする矢川だが招待状の宛名《あてな》を見て人懐《ひとなつ》っこい笑顔に変わる。

「おお！　井原《いはら》さんの娘さんの……、その娘さんけ？」

「はい！」

「よう来んさったのう」

「私、ピアノを託したことを全然知らなかったんです」

「知らんかったんか？」

菜々子は頷《うなず》いて身を乗り出して矢川に尋《たず》ねる。

「今日のピアノ、祖母のピアノですか？」

「いや。わしゃ、何台か被爆したピアノを託されてるんじゃ。今日のはそのうちの一台じゃよ。あんたのおばあちゃんのピアノは直さんと弾けん」

「そうなんですか……」

菜々子は気落ちしたように矢川から目線を外して下を向く。

「だいぶ弾いとらんかったんじゃろ」

「…………」

「がっかりしたか」

「いえ。……コンサート、すごくよかったです」

「ほう」

「……けど、分からないんです」

「分からない？」

「自分の気持ちが整理つかないというか、祖母のピアノのことで初めて被爆ピアノのことを知ったので」

菜々子がこれまで被爆ピアノのことを知らなかったことに驚《おどろ》く矢川だが屈託《くったく》のない笑顔を菜々子に見せる。

「再来週、関東に来るけえ。よかったらまた来んさいや」

「はい」

「ほいじゃあ……」

矢川は荷台の扉《とびら》を閉めると素早《すばや》く運転席に乗《の》り込《こ》みトラックのエンジンを掛ける。

トラックがゆっくり動き出すのを菜々子はジッと見ている。

矢川が運転席の窓を開けて手を振る。

菜々子がどう応えようか戸惑《とまど》っているうちにトラックは去っていった。

走り去るトラックに慌《あわ》てて手を振る菜々子。

トラックの荷台のアルミの扉には大きく「広島」と書かれていた。


対面式のキッチンで久美子が夕飯をつくっていると、菜々子がムスッとして入ってきて黙《だま》ったままテーブルに着く。

久美子は料理の手を休めて菜々子に声を掛ける。

「遅《おそ》かったじゃない」

「まあ」

菜々子はわざと大儀《たいぎ》そうに答えた。

その答え方で、菜々子には何か言いたいことがあるのだろうことが分かったが、久美子はあえて普段《ふだん》どおりに聞いてみる。

「学校で何かあったの？」

「ううん」

菜々子はかぶりを振ると、バッグに手を入れてクリアファイルに挟《はさ》んだ新聞の切《き》り抜《ぬ》きのコピーを出して久美子に見えるようにテーブルに叩きつける。

「これ」

その切り抜きが何かすぐに察した久美子は動揺《どうよう》を隠《かく》そうとするが、菜々子にはそんな母親の気持ちの変化などお見通しだった。

記事には「お母さんの被爆ピアノを寄贈《きぞう》」と見出しがついている。

菜々子は続けざまに「江口久美子様」と宛名が書かれた招待状を出して久美子に見せる。

「どうして教えてくれなかったの？」

責める菜々子に久美子は言葉が返せない。

「小《ち》っちゃいころおばあちゃんちにピアノがあったの気にしてなかったけど、そういえば二年前、おばあちゃんのお葬式《そうしき》のときもあった。考えてみれば一緒《いっしょ》に被爆してるんだよね」

「菜々子が知らなくていいことだから……」

「よくない！」

菜々子は久美子を睨《にら》みつけた。

電話台の上から親子を見守るように写真の千恵子《ちえこ》が笑っている。

二人の声を聞きつけて公平《こうへい》がやってくる。

「どうした？」

公平は国立大学付属高校の学校職員をしていて、今の時期は定時で帰っていることが多い。同じ国立大学付属幼稚園《ようちえん》の幼稚園教諭《きょうゆ》をしている久美子とは、職場が同じ敷地《しきち》にあり、何かのきっかけで面識を持ったことから、いつしか親しくなって結婚《けっこん》に至ったことを菜々子は聞いたことがあった。

「これ！」

菜々子は公平にも母と同様に非難の視線を容赦《ようしゃ》なく送ると、新聞記事に目を落として読み上げる。

「今年二月、爆心《ばくしん》から約二・五キロの南区で被爆したピアノが安佐南区《あさみなみく》在住の調律師・矢川光則さんに寄贈された。ピアノは二〇一六年に亡《な》くなった井原千恵子さんが大切にしていたもので、長女の江口久美子さんらが亡くなったお母さんの大切にしていたピアノを役立てて欲しいと寄贈した……」

菜々子は読み終えると記事を公平と久美子に見せつけるように突《つ》き出《だ》す。

「どうして広島のこともおばあちゃんのピアノのことも話してくれないの？」

「………」

返す言葉がない久美子。だが公平は毅然《きぜん》として諭《さと》すように菜々子にこう言った。

「今必要じゃないからだよ」

その言葉に菜々子は戸惑った。今必要じゃないならいつ必要なのか。今こそ必要なんだよ、と言ってくれることなどあるのだろうか。

「今は、幼稚園教諭の免許《めんきょ》を取るための大切な時期だろう。よそ見をしないでしっかりしないと」

お父さんが自分のことを思って言ってくれているのは分かるけど、そういうことじゃないのに、と菜々子はかえって反発したい気持ちになった。

「今だから知りたい。自分のことも分からないのに、子供たちに教えることなんてできない」

「今知らなくていいことだってある」

「だって……。おばあちゃんのピアノを矢川さんにあげるんだったら私が使いたかった」

「八十年も前のピアノだし、ずっと使ってなかったから弾けないのよ。それにあげたんじゃなくて、預かっていただいたの」

久美子は菜々子にそう言うと溜息《ためいき》を吐《つ》いた。

「でも、矢川さんは直して使うんでしょ？」

「そりゃ、ピアノ修理もできるだろうから」

「だったら直してもらって、持ってくればよかったのに」

「直して運んだらちょっとした電子ピアノ買えるわよ」

「じゃあ買って」

「買ってどこに置くの！　大体、おばあちゃんのピアノを持ってきたってこんな住宅街じゃ弾けないから」

「私、思い出したの。おばあちゃん、私にピアノの折り紙を折ってくれてた。……ピアノを教えようとしてくれていたのかも。おばあちゃんに習いたかった」

「おばあちゃん、そこまで考えてなかったと思うけど」

「どうだか。お母さん、おばあちゃんからピアノ習わなかったの？」

「まあ……」

久美子は歯切れの悪い答え。

公平が脇《わき》から会話の間を埋《う》めるように菜々子に問いかける。

「菜々子は大学で習ってるんだろ？」

「幼稚園教諭課程で習うのは基礎《きそ》の基礎。うまく弾けるようになりたい」

そう言って菜々子はテーブルを眺《なが》めたかと思うと、鍵盤に見立てておもむろに両手で弾く。

菜々子の頭の中ではピアノの音色が響いているよう……。

久美子と公平は顔を見合わせた。


菜々子は真剣《しんけん》な目をしている。

大学のピアノ練習室で、楽譜《がくふ》を目で追いながら電子ピアノの鍵盤を弾いている。

弾いているのはバイエルの練習曲。

流麗《りゅうれい》に弾いたら心地《ここち》よい曲だろうリズムが、少し狂《くる》ったり時折止まりそうになったりするのがもどかしい。それでも菜々子は一所懸命《いっしょけんめい》に弾き切った。

菜々子の脇で聴いていた講師が丁寧《ていねい》に今の演奏で直すべきポイントを指摘《してき》してくれる。菜々子はそれを素直《すなお》に聞いて吸収する。

菜々子は多くの知識、少しでも多くの技術を身につけたかった。

今このタイミングでピアノに触れることができること、ピアノを習うことができることを必然のように感じた。幼稚園の教諭を目指してよかったと思ったのは初めてかもしれない。でも大学の幼稚園教諭課程では、週に一日しかピアノの授業がない。覚えたと思うと次の授業ではまた元に戻っていることもある。嬉《うれ》しい反面物足りなく感じてもいた。

一緒にピアノの授業を受けている咲《さき》は菜々子と親しい。

午前中二コマ通してのピアノの授業を終えると大体いつもキャンパスの中か近所の公園で弁当を一緒に食べる。

菜々子が咲と仲良くなったのは、入学して初めてのオリエンテーションで隣《とな》り合《あ》ったことがきっかけだった。二人とも両親が地方出身で、都内のやや繁華街《はんかがい》から離《はな》れたところに住んでいるということからも何となく気が合い居心地もよかったのだろう。

菜々子はいつものように近所の公園の植《う》え込《こ》みの前にあるベンチに、咲と並んで座って弁当を膝《ひざ》に広げて食べている。

家にピアノがないから週に一度ぐらいの練習だとなかなか上達しないのと、普段あまり使わない腕《うで》や指が筋肉痛になってしまうのが少し困るというようなことを菜々子は咲に話した。

咲が言うには筋肉痛になってしまうのは、練習と練習の間が開くからということもなくはないが、力が入り過ぎてしまったり、どこか指の使い方に問題があるのかもしれないとのことだ。

菜々子は半分おどけて溜息を吐いた。

「あーあ。基礎からだから二年で弾けるのか心配」

「子供のころとかピアノ習ってなかったの?」

「母がピアノに興味なかったの」

「そっか。私は中学校まで習ってたからまだよかった」

「いいな。私は音楽の授業で習っただけ。ゼロからはきつい」

菜々子は不安を咲に打ち明けて聞いてもらったことですっきりした。

咲は菜々子が清々《すがすが》しい表情をしていることに安心して空や周りの風景を見回す。

晴《は》れ渡《わた》った空に子供たちの楽しげに遊ぶ声が響いている。

小学校低学年ぐらいの子供たちが数人で輪になってゴムボールをバレーボールのように回し合っている。

咲は平和なその光景を微笑ましく眺めて弁当の俵おむすびを頰張《ほおば》った。

しかし、咲の表情は一変する。

「ね、あの子」

咲が怪訝な面持《おもも》ちを向けた目線の先を辿《たど》ると、小学校の低学年ぐらいの女の子が木の幹にもたれ掛《か》かって寂《さび》しそうにしている。

遊んでいる子供たちの一人が転がっていったボールを女の子の前に取りに行くが、一切《いっさい》女の子を見ることもなく仲間たちの輪に戻っていくとまたボールを回し始める。

子供たちは女の子がまったく見えていないかのように気にも留《と》めないで、楽しそうに遊びをつづける。

咲はたまりかねて弁当の包みから個別包装のチョコレートを一摑《ひとつか》み持って女の子に向かって

いった。

菜々子は一瞬《いっしゅん》あっけにとられるが咲を追っていく。

咲は女の子の前に来ると優《やさ》しく覗《のぞ》き込《こ》む。

「どうした?」

女の子はどうしていいか分からず身構えておびえた目で咲を見上げる。

「私、あまされてねっから」

咲は笑顔で手に握ったチョコレートを女の子に見せた。

「チョコ、好き?」

咲の問いかけに女の子は目を合わさずに小さく頷いた。

咲は女の子の手を持ち上げて手のひらにチョコレートを握らせた。

「あげる」

女の子は黙って受け取ると走り去っていった。

「仲間外れ……、だよね」

咲の後ろから見ていた菜々子は女の子が走り去っていった先を見やりながら咲の隣《となり》に立つ。

「だね。何もできなかった」

「うん。もっと小っちゃい子たちなんて見れるのかな」

「幼稚園の採用試験だったら落ちてたね」

「うん」

二人のそばを一陣《いちじん》の風が吹《ふ》き抜《ぬ》ける。

菜々子は風が淀《よど》んだ空気を運び去ったように気持ちを切《き》り替《か》えて咲を見た。

「今度の土曜は空いてない？」

「連休初日じゃない！　無理無理。バイト入ってる」

「そっか、連休か」

「どうして？」

「被爆ピアノのコンサートがあるの」

「被爆ピアノ？」

「そう。広島で被爆したけど焼け残ったピアノ」

「そんなのあるんだね。……ゼミ論文の題材？」

「違《ちが》うの。ルーツ探し、……かな」

「菜々子ちゃん、広島と関係あるの？」

「母が広島出身なんだ。私は被爆三世なの」

何気なく口にした菜々子に咲は言葉が返せない。

菜々子はそれを察して笑顔をつくって咲を見た。

「いいの。こっちこそごめん」

菜々子の言葉に、咲はほっとした。そして思いついたことを提案した。

「ねえ、ピアノ教えようか？」

「ほんと？」

「ちょっとぐらいなら」

咲は女の子に何もしてあげられなかった後ろめたさを少しでも晴らしたかったのかもしれない。

それでも菜々子は嬉しかった。

咲の家で菜々子はアップライトピアノを弾いている。

脇で咲がその様子を見ている。

弾いているのはブルグミュラーの「シュタイヤー舞曲《ぶきょく》」。バイエルから段階が進んでいる。一所懸命楽譜を追いながら弾く菜々子の指はたどたどしくまだ弾き始めたばかりなのが分かる。

「ブルグミュラーはまだこれからだね」

「うん」

「バイエルはだいぶ慣れたみたいだったけどね」

菜々子はもどかしさを感じながらピアノの鍵盤を見て頷く。

「指の強さがまだまばらかな。リズムもときどき狂う」

「うん」

「やっぱり、筋肉痛になる？」

「うん。練習した日はずっと腕のあたりとかが張る感じかな」

「そっか。……今更なんだけどさ、バイエル弾けるぐらいのレベルで大丈夫《だいじょうぶ》みたいよ」

「え？」

「幼稚園の教諭の資格で必要なピアノのレベル」

「うん。……でもそのためじゃなくて弾けるようになりたいんだ」

「ルーツ探し？」

「うん。ピアノでおばあちゃんのこと思い出して、そういえば優しかったなって。ピアノで思い出すってことは、やっぱりピアノの印象が強かったんだろうなって思うんだよね」

「身近でそういう話聞いたことなかったから、何か不思議」

「私も今まで身近に思ったことなかった」

「被爆ピアノか……。全然知らなかった」

「小っちゃいころ、おばあちゃんちでピアノ弾く真似して遊んでたんだけど、被爆してたなんて考えたこともなかった」

「へえ」

部屋を見回すとピアノコンクールの賞状や盾《たて》などが並んでいるのに気づく。

「中学までって言ってたけど咲って凄《すご》いんだね」

「まあね。小っちゃいときから習わされて中学まではピアノ漬《づ》けみたいなもんだったから」

咲は変に謙遜《けんそん》もせず、かといってひけらかすこともなく素っ気なく答えた。

「ピアノ漬け？」

「お母さんがピアノ弾けなかったからその分私に期待をして三歳《さい》から習わされた」

「へえ。そうだったんだ。どうして中学でやめてしまったの？」

「どうしてだったかな。反抗《はんこう》したくなったからかな。反動だったかな。忘れちゃった。特に大きな意味はなかった気がする」

「何か、もったいない」

「私は菜々子ちゃんみたいに本当にピアノが好きになって弾きたくなってから弾き始めるほうがいいなって思うよ」

「どうなんだろう」

「そうだ！　夕飯食べていかない？」

「え、だって」

遠慮《えんりょ》してみたものの特に断る理由もない。咲とはずっと一緒にいても疲《つか》れないし、どんな家庭なのか興味もあったのでご馳走《ちそう》になることにした。

咲の家庭は菜々子の家よりも、もっと庶民的《しょみんてき》だった。

菜々子は両親が学校関係の仕事をしていることもあって少し堅《かた》いところがあった。咲の家族はお父さんが砕《くだ》けていてお母さんも気さくで優しい。

高校三年生の弟がいるが、この年頃《としごろ》で異性のきょうだいとしてはとても仲がいいように感じた。菜々子は一人っ子で一般的《いっぱんてき》なきょうだいがどんなものなのかは実体験がなく、映画やドラマなどで観《み》た範囲《はんい》での印象でしかないのだが。

咲のお母さんが作ってくれた料理も美味しかった。菜々子の母は時間がないときに総菜屋で買ってくるが、咲の家はおかずが手作りで美味しい。

何より久しぶりに賑《にぎ》やかな夕飯だったのが印象深かった。

大学に入ってから咲が友達を家に連れてきたことはなかったらしく、咲の両親も珍《めずら》しいのと楽しいのとで、菜々子にいろいろと質問をしてきた。高校生のころや子供のころの話などを尋ねてくる。

菜々子は答える中で「母が広島出身なんです」と何気なく言った。

すると、咲の両親や弟は広島のことに強く興味を示した。

咲は菜々子から初めて聞いたときの気まずさが残っていたのであまりその話には触れなかっ

た。

菜々子自身、母が広島出身だということをこれまで深く考えてこなかったが、被爆ピアノの存在を知り、実物を間近で見て、あの新聞記事を見つけたことから、広島という言葉がとても気になっている。

楽しいひとときはあっという間に過ぎて菜々子はご馳走になったお礼を咲の両親に伝えると咲の家を後にした。

あたりはすっかり暗くなっていた。

帰宅した菜々子は久美子が洗い物をしている脇を通りすぎざまに「ただいま」とだけ声をかけ、部屋に向かおうとした。すると、久美子に呼び止められた。

「ご飯は？」

「食べてきた」

「食べてきた、って、どうして連絡《れんらく》しないの？」

「ごめん。急だったから」

「急だったらなおのこと連絡くれないと」

「菊池《きくち》咲さんの家で頂いてきた」

「だったらお礼しないと」

「大丈夫。何かお菓子《かし》買っておくから」

そう言って菜々子はそそくさと部屋に向かう。

「菜々子！」

久美子は菜々子を見送ると大きく溜息を吐く。

菜々子の心の中に何かがわいてきているだろうことを久美子は感じていた。

反抗期もなく素直に育ってきた菜々子が今自分の意志で何かをしようとしている。そうならないようにと遠ざけてきたことを菜々子が自分で見つけて自分から近づいていっている。久美子は菜々子がそうした強い意志を持っていることを嬉しく思うが、やはり向かってほしくない方向に向かうことが心配でならない。

それが菜々子のための心配なのか、自分のための心配なのか、分からなくなってきている。昔だったら菜々子のためだと確信を持てたのに。

久美子は電話台で笑っている母の写真を見つめた。

部屋に籠《こ》もった菜々子は勉強机を鍵盤に見立ててブルグミュラーの指使いを練習する。

習ったばかりのシュタイヤー舞曲が頭の中に流れて指が追いかける。

が、途中で指が追い付かずに指使いを止める。

咲のように三歳からでなくても小学生ぐらいから習いたかった。そう考えると余計にもどかしくなってしまう。

菜々子は椅子にもたれたまま手足の先までピンと張って大きな伸びをした。

スマートフォンを取って検索《けんさく》エンジンで「被爆ピアノ」と打つと、検索結果がたくさん出てきた。「コンサート」と打つと、さらに情報が出てくる。

菜々子はスクロールして情報を確かめる。

2

茨城県の南端《なんたん》、取手《とりで》市にある龍禅寺《りゅうぜんじ》という天台宗のお寺。その境内《けいだい》にある三仏堂。釈迦如来《しゃかにょらい》、阿弥陀如来《あみだにょらい》、弥勒菩薩《みろくぼさつ》の仏像が鎮座《ちんざ》していることから三仏堂と呼ばれるようになったとのこと。平将門《たいらのまさかど》がここで生まれたという伝承もあるという。

重く覆《おお》いかぶさる茅葺《かやぶ》きの屋根が特徴的《とくちょうてき》なお堂からピアノの音が漏《も》れ聞《き》こえてくる。幅《はば》三間奥行《おくゆ》き三間の三仏堂の中、三体の仏像の脇《わき》に置かれた被爆《ひばく》ピアノでピアニストが音色を奏《かな》でる。

ピアノに合わせて詩を読む朗読家の飯島晶子《いいじまあきこ》の声が狭《せま》いお堂の中に響《ひび》き渡《わた》る。板間に三十人ほどの聴衆《ちょうしゅう》が聴《き》き入《い》っている。

「私は被爆ピアノです。昭和の初めに女の子の家にやってきました……」

飯島は目の前で音色を奏でている被爆ピアノの逸話《いつわ》を朗読している。
じっと聴《き》いている聴衆の中に菜々子の姿もある。

女の子は音楽が大好きで
毎日学校から帰ると私を弾《ひ》いていました。
この時代はピアノが珍《めずら》しかったので
私を見に私を弾きに
女の子のお友達が訪ねてきて
私の周りはいつもにぎやかでした。
ところが女の子が女学校に上がると
戦争がはじまりました。
戦争は長く続き
女の子は私を弾いてくれなくなってしまいました。
一九四五年八月六日

八時十五分

私と女の子は被爆したのです――

ピアノが悲しく激しく響く。

息を呑《の》む聴衆、そして菜々子。

矢川は神妙《しんみょう》な顔をして壁際《かべぎわ》に直立している。

静寂《せいじゃく》が三仏堂を包《つつ》み込《こ》む。

司会が沈黙《ちんもく》を破って応募《おうぼ》してきた女性を呼《よ》び込《こ》んだ。

「続いては、日立《ひたち》からお越《こ》しの近藤美枝《こんどうみえ》さんです」

「私は祖父が入市《にゅうし》被爆（原爆投下後十五日〈広島は八月二十日〉までに、爆心地からおよそ二キロ以内に入って被爆すること）をした被爆三世です。実家は山口県の広島との県境にあります浄土真《じょうどしん》宗《しゅう》のお寺です。八月六日は、叔母《おば》が広島の女学校の寮《りょう》で被爆してほぼ即死《そくし》だったと聞いています。それを探しに市街に入った父が入市被爆しました。会ったことのない叔母……。やり残したことばかりだったと思います。叔母に想《おも》いを馳《は》せて捧《ささ》げます」

想いを語った美枝は被爆ピアノを弾いて「ゴンドラの唄《うた》」を歌う。

若くして原爆《げんばく》で亡《な》くなった叔母が歌詞と重なり美枝の気持ちも重なる。

「いのち短し恋《こい》せよ乙女《おとめ》——」

聴き入る聴衆、菜々子、そして矢川。

美枝は叔母の想いが乗り移っているかのように一心に弾《ひ》き語《がた》り、やがて弾き終える。

静寂が戻《もど》ると自然と拍手《はくしゅ》がわき三十人ばかりだが鳴りやまない。

菜々子は背筋を伸《の》ばして拍手する。

聴衆と弾き手の気持ちが一体になっている感じがした。演劇や演奏で舞台《ぶたい》に立つ人がこの感覚を覚えてしまうとやめられなくなると聞いたことがあるが、このことなのかもしれないと菜々子は初めてのことで分からないながらも確かに感じた。

矢川を見やると無表情だが満足をしているように菜々子には見えた。

演奏会が終わり聴衆が帰った後、飯島と司会は矢川に感謝の言葉を伝えた。

矢川もお礼を言ってピアノを四トントラックに積《つ》み込《こ》み出発しようというところ、遠くから見ていた菜々子に気づいて近寄っていく。

「おお、菜々子さん！　来てくれとったか」

「……はい」

「言うてくれたら目の前で見てもろうたのに」

「いえ。そんな……」

「そう何度も来てくれんかと思うとったよ」

「この前もよかったですけど今日はまた違《ちが》ってよかったです」

「ほう」

矢川は菜々子の言葉にまんざらでもない笑顔《えがお》を見せた。

そしてすぐに菜々子の鞄《かばん》に気づく。

「大きい鞄持っとるのう。コンサートにかこつけて彼氏《かれし》のところにでも行くんじゃないんか？」

「そんな相手いませんよ」

「ほんまかあ？」

悪戯《いたずら》っぽく菜々子の顔を覗《のぞ》き込《こ》む矢川を笑ってかわす菜々子は急に真顔になる。

「広島まで一緒《いっしょ》に乗せていってください」

「はあ?!」

不意に言われて面食《めんく》らう矢川。

「矢川さんの活動を見たいんです」

「そりゃまあええけど……、ご両親に許しをもらわんと……」

「親は大丈夫《だいじょうぶ》です。私を信じて子供の自主自律を尊重してくれています」

「そうは言うてもなあ……」

「心配ないです！　メールもしてきました」

「メールって……」

「お願いします！　新幹線で行こうと思ったんですけど、ゴールデンウィークで席が空いてないんです」

「そう言うてものォ」

「お願いします！」

菜々子は深く頭を下げる。

矢川はどうしていいのか困ってしまったのと、あまりに突飛《とっぴ》な菜々子の行動に思考が働かなくなってしまい何も答えられない。

晴れた空が少しずつ赤みを帯び始めている中、矢川のトラックが常磐道《じょうばんどう》を東京方面に向かって走っている。

南西に向かうトラックのほぼ正面に富士山《ふじさん》が霞《かす》んで見える。

大きなフロントガラスから差《さ》し込《こ》む陽光を眩《まぶ》しそうにして顔をしかめながら運転している矢川。補助席を挟《はさ》んで助手席に菜々子が座《すわ》っている。

勢いに押《お》し切《き》られて菜々子を乗せた矢川だが、顔をしかめているのは眩しいからだけではなさそうだ。

菜々子も眩しいが気持ちの高まりが勝っている。

矢川が運転しているのを菜々子はジッと見る。

「どしたん？」

視線が気になって矢川はチラッと菜々子を見やる。

「ずっとそうやって運転して全国を回っているんですね」

「まあ。そうなるのオ」

「凄《すご》いですね」

「凄いことはないよ。それを言うなら長距離《ちょうきょり》トラックの運転手はわしよりもっと凄い」

菜々子は矢川のちょっとした冗談《じょうだん》がおかしい。

矢川もつられて笑ってしまう。おかしいというより苦笑いといっていいかもしれない。笑うしかなくて笑った。

矢川のトラックは常磐道から首都高へと入り、しばらく走って八潮《やしお》パーキングエリアに入っていく。

「トイレ行ってくるけえ」

と矢川はドアを開けて出ていく。

残った菜々子は出入りする車やつかの間の休息をとる人たちを眺《なが》める。狭くて壁《かべ》が迫《せま》ってくるような威圧感《いあっかん》のある首都高を少し外れると小さいけれどこれだけのスペースもあるのだなと思った。

トイレを済ませた矢川は、建物の脇で携帯電話《けいたいでんわ》を取り出した。

「今から広島に戻るんですが、どうします？　ええ、トラックで待っとりますよ。……今なら帰せますけど」

「すぐに帰ってくるよう伝えていただけますか」

矢川と電話をしていたのは菜々子の母、久美子だった。

久美子の家の電話台の脇には千恵子が写真の中で笑っている。

「そら、ええですけど。菜々子さんから広島まで乗せてくれと言われましたけえ」

「娘《むすめ》がご迷惑《めいわく》をお掛けしてすみません」

「気にせんでええですよ。はあ、家まで送りますけえ」

「送っていただくのは申し訳ないので適当なところで降ろしてください」

「そうはいかんですよ」

「あの、……こう言うのは失礼かもしれないんですけど、娘を広島と関わらせたくないんです」

「は？　どういうことですか？」

「古いかもしれませんけど、就職を控《ひか》えていたり結婚《けっこん》のこともありますし、あまり原爆のことに興味を持たせたくないんです」

「……そう言われると何も言えんですのオ」

矢川はこの後話す気力がなくなってしまい、通《とお》り一遍《いっぺん》の挨拶《あいさつ》をして会話を切り上げた。


運転席のドアがガチャッと重い音を立てる。

菜々子が運転席を見るとドアが勢いよく開いて戻ってきた矢川が乗り込む。

「待たせたのオ。東京に入ったらどこかの駅で降ろすけえ」

出ていく前と違って矢川がよそよそしいのが菜々子は気になる。

「どうしてですか？」

「あんたのお母さんに言われた」

「連絡《れんらく》したんですか?!」

「そら、若い娘さんを黙《だま》ってトラックに乗せるわけにはいかんけえのオ」

「連れてってください」

「お母さんがダメじゃ言っとる。こらえてつかあさい」

菜々子はどうして矢川がよそよそしいのか合点《がてん》がいった。そして、頑《かたく》なことも。

「分かりました」

菜々子は思い切ってドアを開けてトラックから降りる。そして荷台の脇にある扉《とびら》の前に行きレバーを引いて扉を開けようと力を込める。

「何をしんさる」

矢川は慌《あわ》ててトラックから飛び降りて回り込むと菜々子を止めようとレバーに手を掛ける。

「乗せていってもらえないならヒッチハイクして広島に行きます。荷物、おろしてください」

菜々子は扉のレバーを開けようとガチャガチャと力を込めるが開かない。

「鍵《かぎ》が掛かっとるけえ」

その一言で諦《あきら》める菜々子は睨《にら》みつけるように矢川を見た。

一瞬《いっしゅん》にして空気が張《は》り詰《つ》める。

険しい顔を向ける矢川はやがて苦笑いする。

「大したもんじゃの」

このときの矢川の眼差《まなざ》しが菜々子の記憶《きおく》の奥底《おくそこ》に焼き付いた。

二人は、八潮パーキングエリアを出る前に夕飯を買ってトラックで済ませてから出発していた。

「しばらく走るから」と矢川に言われて菜々子はトイレを済ませて持ってきた鞄から歯ブラシを出して歯も磨《みが》いた。長距離トラックの運転手の生活を感じられて菜々子ははしゃぎたいほどに気持ちが昂《たかぶ》っていたが矢川に無理にお願いしてこうして乗せてもらっているので高揚《こうよう》する気分を抑《おさ》えた。


矢川のトラックは首都高を抜《ぬ》けて用賀から東名高速道路に入っていくあたりでヘッドライトを灯《とも》した。

五月を前にして日が長くなっているがもう暮れようとしていた。

ダッシュボードの時計は六時半になろうとしている。

薄暗《うすぐら》くなった運転席で矢川はジッと前を見据《みす》えてハンドルを握《にぎ》っている。

助手席で菜々子もまたジッとしている。それを矢川がチラッと横目で見やる。

菜々子に根負けした形で広島まで乗せていくことになった矢川は菜々子の強情《ごうじょう》さがなぜだか嬉

しかった。

トラックに揺《ゆ》られながら菜々子はスマートフォンでメールを打つ。

「わしがそそのかしたんじゃないって分かるようにメールでしっかり記録してつかあさいよ」

菜々子は片手で器用に早く文字を打ち込んでいく。そして打ち終えて矢川を見やると、スマートフォンを凝視《ぎょうし》して今打ち込んだ文字を読み上げる。

「お母さん、心配しないで。矢川さんのトラックに乗せてもらって広島に向かいます。電話のことは聞きました。私が無理にお願いして広島まで乗せてもらっています。矢川さんを責めないでください」

メールを読み終えた菜々子は悪戯《いたずら》っぽい笑顔で矢川を見る。

「それでええ。電話が来ると困るけえ、わしは携帯切っとくけえの」

矢川もまた悪戯っぽく答える。

少し心が通じ合えたようで菜々子は嬉しかった。窓の外はすっかり暗くなっていて、断続的に流れる高速道路の照明灯が寂《さび》しげで淡《あわ》く光る蛍《ほたる》のように見える。

山あいを貫《つらぬ》いて走る東名高速道路から見下ろす街の明かりが天の川のように暗闇《くらやみ》の中に広がっ

ていた。家に車がなく父も母も免許《めんきょ》は持っているもののほとんど運転をしないので初めて見るその美しい情景に菜々子は見とれた。

トラックは天の川の中に吸い込まれるように走っていった。


江口家では菜々子が送ったメールにざわめいていた。

「『矢川さんのトラックに乗せてもらって広島に向かいます……』ってこれは？」

公平は久美子から向けられたスマートフォンの画面を見て動揺《どうよう》した。

「電話しても出ないのよ」

「出ない……。それなら矢川さんにしてみたら？」

「矢川さんも運転モードなの」

久美子はスマートフォンの通話履歴《りれき》画面を出して公平に見せつける。

矢川の電話番号の脇に『不在』と表示されているのを確かめると公平は自然と溜息《ためいき》が漏れる。

「この機会に菜々子に話したらどうだ？」

「あなたまでやめてよ。三年生、四年生が大事な時期なのに、そのことで余計な考えを巡《めぐ》らしてほしくないのに……」

「まあ、二十歳《はたち》だし自分なりに受け止められるんじゃないか」

「あなたは所詮《しょせん》他人事《ひとごと》なのよ」

「しょうがないだろ。けど、他人事だから引いて見えることもある」

「はいはい」

夫婦《ふうふ》の会話はいつもどおりの展開で終わってしまう。

公平は何かを言おうとするが思いとどまった。


富士山の稜線《りょうせん》が月明かりでかろうじて見える。

御殿場《ごてんば》を過ぎて東名高速道路から新東名高速道路への分岐《ぶんき》が現れると矢川のトラックは新東名高速道路へと進路を向ける。東名高速道路は海側を、新東名高速道路は山側を走る。

明かりは少なく真っ暗な道がまっすぐ続く。そしてトンネルが多くなってくる。道は新しい分綺麗《きれい》で揺れも少なく乗《の》り心地《ごこち》も悪くないように感じた。

新東名高速道路が山あいを進むのは、交通の集中を分散するためであり、地震《じしん》などの災害で東名高速道路が被害《ひがい》を受けたときのリスクを分散するためだろうと矢川は菜々子に説明をした。真偽《しんぎ》は分からないけれどきっとそうなのだろうと菜々子は納得《なっとく》した。

「静岡は広いけえ、まだまだ続くけえ。ずっとまっすぐ走っているだけで飽《あ》きるじゃろ」と矢川は菜々子の今の心持ちを窺《うかが》うように言った。

「いえ。楽しいです」

「楽しい？」

「はい」

「どこが楽しいんじゃ？」

「ライトが照らしてる路面を見ていると飽きないです」

矢川は菜々子が見ているだろうヘッドライトが照らしだす路面を意識して見てみる。ひたすら流れる路面を楽しいと言う菜々子の言葉が新鮮《しんせん》だった。自分はひたすら心を無にして走っていたことに矢川は気づいた。

無にしていたというよりも向かう先でこれから起こることを期待していると、路面や周りの景色には気が向かなかったというのが正しいかもしれない。

数えきれないぐらいにこの道を何度も往復している自分と、初めて通っているだろう菜々子とはこんなに違うのかと矢川は感心した。

トンネルを通ったり抜けたり、車線が広くなったり狭くなったり、ひたすらまっすぐ走っている。

菜々子は飽きもせず窓の外を黙って見続けている。

声をかけていいものかどうか迷っていた矢川だが、自分が退屈《たいくつ》になってきたので菜々子に話しかける。

「明後日《あさって》、朝から原爆ドームの対岸で修学旅行生が被爆ピアノで歌うんじゃ」

「間に合うんですか？」

「まあ、遅《おそ》うても明日の午後には着くのォ。夜通し走るけん、寝《ね》とってええよ」

「いえ。運転してもらってるのに寝るわけにはいきません」

「頼《たの》もしいのう」と矢川は笑った。

生真面目《きまじめ》な菜々子は寝てしまわないよう背筋を伸ばして前を見据える。

トラックはひたすら広島に向けて走る。

夜の高速道路は流通を担《にな》う大型トラックが何台も走っている。

矢川のトラックでも菜々子には充分《じゅうぶん》大きいが、周りを走るトラックはさらに大きく、追《お》い越《こ》されるたび、または矢川が追い越すたびに菜々子はなぜだか緊張《きんちょう》して圧に押《お》し潰《つぶ》されそうな心持ちになる。

とぎれなく唸《うな》り続《つづ》けるエンジン――

ヘッドライトが照らす数メートルの範囲《はんい》を流れるアスファルトの波――

トラックが唸りをあげる一定のリズムは聞き慣れてくるとメトロノームのようでもある。

菜々子はブルグミュラーの指使いを練習する。

正面を見て運転する矢川は菜々子の手の動きが視界に入るとチラリと横目で確かめる。

「なんじゃ、弾きよるじゃないけ？」

「あ、はい。でも、人に聴かせられるようなものじゃ」

「気持ちがこもっとうたらええんじゃよ」

「はい！」

菜々子は嬉しそうに指使いの練習を続けた。

菜々子は自分の空想の中でだいぶ上達して心地《ここち》よく弾《ひ》けるようになっていた。エンジンの轟音《ごうおん》もタイヤがアスファルトを擦《こす》る摩擦《まさつ》の音もずっと鳴っていると気にならなくなってくる。むしろ菜々子には音のない漆黒《しっこく》の宇宙空間にいるぐらいに感じられた。銀河鉄道ならぬ銀河を貫く一筋の道に感じられた。

音のない世界で菜々子の頭の中にブルグミュラーが流れていた。

運転に集中する矢川。

照明灯がスローモーションのように流れ、遠くの街の灯《ひ》が夜空の星のように淡く輝《かがや》く。

いつしか気配を感じなくなった助手席を横目で見ると、菜々子は首《こうべ》を垂れて寝ていた。矢川は寝ないと豪語《ごうご》した菜々子の言葉を思い出しておかしくなったが、まだまだ長い道中を思いすぐに気を引《ひ》き締《し》めて運転に集中する。

矢川は途中《とちゅう》、大きなサービスエリアで一度だけ用を足すのにトラックを停《と》めたがそのまま走り通した。

大阪を抜けて山陽自動車道に入り、「ここまで来ればええ」と頭の中で独り言を呟《つぶや》くと安心からか疲《つか》れも出てきたので瀬戸《せと》のパーキングエリアに入った。

夜空には十三夜月が輝いている。

トラックのエンジンを切るとパーキングエリアは寝静《ねしず》まっている。

ダッシュボードの時計はまもなく三時になろうとしている。

矢川は大きく伸びをして固まっていた体の節々を伸ばして胸いっぱいに空気を吸い込んだ。そして、助手席の菜々子を見やると、気持ちよさそうにぐっすり寝ているのを申し訳なさそうに声を掛ける。

「菜々子さん。なあ、菜々子さん」

何度か名前を呼ぶと、菜々子は目を覚まして頭の中で状況《じょうきょう》を確認《かくにん》する。そして矢川を見て覚醒《かくせい》する。

「よう寝とったのう。もう岡山じゃ」

「ごめんなさい。寝ちゃって」

「ええよ。さすがに眠《ねむ》らなったけん、朝方までちょっと寝るけえ。菜々子さん、この後ろに横になりんさい。わしゃ、ピアノをずらして荷台に寝袋《ねぶくろ》しいて寝るけえ」

運転席と助手席の間に補助席を倒《たお》した簡易的なテーブルがあり、その後ろのカーテンをめくる

と人一人が横になれるスペースがある。矢川は広島からピアニストを乗せて地方に出ることもときどきあって、そういうときにはキャビンのこのスペースをピアニストの仮眠《かみん》スペースにして、自分は荷台に積んである寝袋で寝るようにしていた。

「私、運転してないからここでいいです」

「そんでも、同じところに寝るのはいけんじゃろ。朝七時に起きてこんかったら起こしてくれんかのう」

矢川は運転席のドアを開けて身軽に飛び降りた。

「あ、はい」

菜々子の返事を待つか待たないかのうちに矢川は笑顔を残していった。

急に静寂が襲《おそ》う。

菜々子はしばらく深夜のパーキングエリアを観察する。ひっそりとしているが眺めていると思ったよりも人の動きがあることに驚く。駐車場《ちゅうしゃじょう》には大型車両が圧倒的《あっとうてき》に多く、時折トラックが出入りする。停車した車から降りてトイレに立ち寄る人、深夜の空腹を満たすためのものをコンビニで買う人、眠気覚《ねむけざ》ましのコーヒーを買う人、そして用もないけれどとりあえず施設《しせつ》に立ち寄る人などさまざま。

眺めているうちにまた眠くなってきた菜々子はそのまま寝入《ねい》ってしまう。


菜々子は飛び起きるように目覚めた。握りしめたままのスマートフォンを見ると七時を二十分近く回っている。アラームを掛けようと思っていたのだが窓の外をしばらく見ているうちに寝てしまったことを思い出した。菜々子は慌ててドアを開けて助手席から滑《すべ》り降《お》りる。トラックのキャビンはかなり高い位置にあり、慣れていない菜々子はうまく滑り降りたつもりでもお尻《しり》をぶつけてしまった。痛がっている暇《ひま》もなく顔を歪《ゆが》めただけで急いで荷台に向かうと、荷台側面の扉はすでに開いていて矢川が寝袋を畳《たた》んでいた。

「起きたか」

「あの、おはようございます」

「コーヒーとパン、買《こ》うたけえ、食べるか」

「はい。あの……」

「今後ろを開けるけえの」

矢川は荷台から飛び降りて荷台後部の昇降装置を下ろす。観音開きの扉が開くと、買ってきたパンの袋《ふくろ》とコーヒーの紙コップを荷台に置き、菜々子を呼び寄せて先に荷台に座ってみせる。菜々子は矢川の隣《となり》に座って矢川からパンとコーヒーを受け取る。

「あの」

「ん？」

「ごめんなさい」

「え？」

「七時に起こす約束だったのに」

「ああ。ええよ。どうも習性で起きんといかん時間の一時間前に目覚めてしまうようじゃ」

そう言って笑うと矢川は無造作にパンを齧《かじ》ってコーヒーを飲み、菜々子にも食べるよう促《うなが》した。菜々子は遠慮《えんりょ》なくパンを食べてコーヒーを啜《すす》った。

「気持ちいいですね」

「ああ。後ろの寝台《しんだい》で寝なかったんじゃね？　疲れとろう？」

「何か、悪いんで。でも、よく眠れました」

「ほうか。ならええんじゃが」

周りを眺めると夜中の蠢《うごめ》きとは違い人々の活気が感じられる。それに夜中はほとんどが長距離トラックだったのがこの時間は連休で出かける家族連れが圧倒的に多くなっている。昼と夜とでこれだけ変わることにも菜々子は驚いた。

コーヒーを味わっていると男女四人の若者たちが寄ってきた。大学のサークル仲間だろうか、会社の仲間だろうか、荷台に積んであるピアノに興味を持ったようでその中の女性が矢川に尋《たず》ねてきた。

「ピアノを運んでるんですか?」

「ええ」

「凄いですね」

「弾いてみますか?」

「いいんですか?」

「ええですよ」

矢川は立ち上がって荷台の奥《おく》へ行き、ピアノをしっかりと固定してあるラッシングベルトを手《て》際《ぎわ》よく外す。少し手前に引き出し、覆っていたカバーを剝《は》がすと、若者四人を昇降装置で荷台に乗せてやる。

「被爆ピアノって聞いたことありますか?」

「ないです」

「ニュースで見たかも」

「広島で原爆にやられて焼け残ったピアノです」

若者たちは嘆息《たんそく》の声を漏らす。

「ま、弾いてみんさい」

「いいんですか?!」

声を揃《そろ》える若者たち。

「私弾きたい!」と女性が身を乗り出して矢川に熱意をぶつけた。

矢川は鍵盤蓋《けんばんぶた》を開けて椅子《いす》をピアノの前に置いて女性を座らせる。

興奮した女性は嬉しそうに鍵盤を見つめる。

象牙《ぞうげ》の鍵盤は、経年によるものと被爆の傷跡《きずあと》とで色がくすんでよく見ると角が欠けている。

しっかりとした木に漆喰《しっくい》が塗《ぬ》られた高級家具のような本体も間近で見ると傷だらけなのが分かる。女性は一礼して軽く手を合わせて彼女《かのじょ》なりに敬意を示すと鍵盤に指を置いた。

男三人の仲間たちは固唾《かたず》を呑《の》んで女性が弾くのを見守っている。

荷台の中の緊張が高まったところで女性はピアノを弾いた。

ドドソソララ、……ソ

「きらきら星」だった。

たどたどしい「きらきら星」に一同は言葉を失《な》くす。

矢川が堪《こら》えきれず失笑《しっしょう》した。すると堪えていた仲間の若者たちも我慢《がまん》できずに笑い出して菜々子もつられて笑った。

女性は肩《かた》をすぼめて申し訳なさそうに椅子から立ち上がるとピアノから離《はな》れた。

「笑ってすまんの。よかったですよ」と矢川は手を叩《たた》いて女性を励《はげ》ました。菜々子も続いて拍手をする。

女性は救われた気分で胸を撫《な》でおろした。

すると今度は三人のうち眼鏡をかけた男性が「弾いていいですか?」とピアノの前に立つ。

「やめておけ」と言いたそうな顔で眼鏡の若者を見る仲間二人。その空気を察したのか二人に向かって眼鏡の男性は笑《え》みを漏らす。

「大学のころバンドやってた」

眼鏡の若者は矢川に会釈《えしゃく》する。矢川は面白《おもしろ》そうなこの若者を椅子へ座るように促すと眼鏡の若者は椅子に座るや高さを調節して両手の指を軽く鍵盤に載《の》せる。そして息を整えてショパンの「幻想即興曲《げんそうそっきょうきょく》」を弾き始める。

出だしからその場の一同は圧倒《あっとう》された。

女性の「きらきら星」とは明らかに違うのが分かった。

若者たちは想像もしなかった仲間の才能に感動して拍手する。

矢川も感心して手を叩く。

菜々子はまだ圧倒されていたが慌てて矢川に倣《なら》って拍手をした。

気をよくした眼鏡の男性は、今度は即興でジャズを弾き始めた。

矢川は眼鏡の男性の腕前《うでまえ》に改めて感心して聴き入る。

気持ちよさそうに身体《からだ》を揺すりながら鍵盤を叩き音を奏でるその姿を見て仲間の若者たちもリズムに合わせて身体を揺すり始めた。

菜々子もノリのいいピアノのリズムを心地よく聴いている。

トラックの前を通り掛かる施設の利用客たちは何事かと荷台の中を覗き込んでは歩き去っていく。それが次第《しだい》に荷台の前に立ち止まるようになり何人もが聴き入っていつの間にか人だかりができた。

人が集まっているのを弾きながら一瞥《いちべつ》した眼鏡の若者は見られている高揚感から神経が昂ってさらに激しく身体を揺すり激しく鍵盤を叩いた。

仲間の若者たちも興奮しているためどんどん激しく体を揺らしていく。

演奏が荒《あら》くなってどんどんと鍵盤を叩く力が強くなっていた。

しかし、次第に矢川の顔が曇ってきた。菜々子は矢川の顔色が変わったのに気づき、それがどんどん険しくなっていくのが心配になっていった。

そして、眼鏡の若者は最高潮に達したのか、鍵盤の上を指が強く跳《は》ねるように弾き、さらにグリッサンドと呼ばれる奏法、鍵盤を左から右へとウェーブのように両手を滑《すべ》らせて強く弾いた。

その瞬間に矢川は我慢の限界が来た。堪忍袋《かんにんぶくろ》の緒《お》が切れた。

「ええ加減にせい！」

矢川の一言で演奏が一瞬にして止《や》み、凍《こお》り付《つ》いたように静まる。

トラックを囲んでいた野次馬たちは気まずい雰囲気《ふんいき》を察して散り散りになり、あっという間に誰《だれ》もいなくなった。

「古いピアノをそんなに乱暴に扱《あつか》ってもろうては困る」

「ごめんなさい」

「すいません」

「すみません」

「すいません」

「これはのう、爆心《ばくしん》から一・五キロで被爆したピアノじゃ」

若者たちは俯《うつむ》いて神妙にする。

「火の手が回らず幸い焼けないで残りました。持ち主も当時十歳《さい》で倒壊《とうかい》した家から血だらけになりながらも助かって今も広島で暮らしとられます。これは、そういうピアノなんです」

若者たちは被爆ピアノという言葉の意味、重みをまったく想像していなかったが、矢川に言われてようやく強く受け止めた。

矢川はそれ以上は言わなかった。広島の外では被爆という言葉がそのぐらいのものだと分かっていたから。長崎は別として。それでもこの若者たちが被爆という言葉を心に留めてくれるだろうことが嬉しかった。

「この音色をずっと覚えとってください」

若者たちは素直《すなお》に頷《うなず》いて「貴重な経験をありがとうございます」と、深々と頭を下げると自分たちの車に戻っていった。

矢川は荷台の縁《へり》で若者たちを見送った。そして大きく息を吸って気持ちを切《き》り替《か》えて菜々子に向き直るとパンを食べていたときの柔和《にゅうわ》な笑顔に戻った。

「ピアノかたづけて出発するかのォ」

「はい」

黙ってハンドルを握りしめて運転している矢川。

助手席の菜々子はまっすぐ前を見据えている。矢川が若者たちに被爆ピアノのことを話して聞かせているときに、菜々子は矢川と並んで立っていたが、先ほどの若者たちと自分は何も変わらないと思った。

矢川も菜々子も黙ったままトラックはひたすら走り続けた。ここまでの道中も、ずっと会話がないまま走っていた時間があったし、むしろそういう時間のほうが長かったけれど、この沈黙は長くて重い。

そうした空気を破るためなのか、ただ思いついたのか、矢川が菜々子に言葉を投げかけた。

「思ったより早《はよ》う着くけえ、寄り道でもするか？」

「はい」

坂道が続く山陽自動車道を走る矢川のトラックは大きく唸った。

いよいよ広島県内に入って福山《ふくやま》まで来ると、高速道路を降りて市街を抜け、海に向かって走った。

古い町並みへとトラックが進むと、入り組んだ狭い路地になっていた。一つ道を間違《まちが》えると抜け出せないようなところをゆっくりと進んだ。

大型車が停《と》められる駐車場に停車すると、矢川は菜々子を古い町並みの中へ連れ出した。坂を下り通りを横切って、人がすれ違うのがやっとぐらいの細い路地を抜けて歩いた。家々は時代劇に出てきそうな古い木造ばかりで土塀《どべい》もある。

路地を抜けると海が見えた。小さな湾内《わんない》に船がいくつも係留されている。海の間際《まぎわ》までやってきて矢川に促されて見回すと、箱庭のような港の風景が広がっていた。そして、突端《とったん》には常夜灯が屹立《きつりつ》している。テレビの情報番組や旅行雑誌などで鞆《とも》の浦《うら》が紹介《しょうかい》されると必ず見る風景だった。

有名なアニメの舞台のモデルになったと言われている町。菜々子も好きでその映画は観《み》ていたけれど、実際に見て歩いたらアニメのファンタスティックなイメージよりも古い歴史を強く感じさせた。

石段に腰《こし》を降ろした矢川は、菜々子にも座るように促した。広島ではこの石段になった護岸を雁木《がんぎ》と言うらしい。

「綺麗」

「ええじゃろ。たまに見とうなってくるんじゃ」

菜々子は湾内をゆっくりと進む漁船を目で追った。ここでは時間がゆっくり流れているように感じられた。長い防波堤《ぼうはてい》のたもとを走る軽トラックも人が早足で歩くぐらいののんびりした速度だ。

「何で、そがいに広島に行きたいん?」と矢川は菜々子を見た。

「……おばあちゃんのピアノを矢川さんに預かってもらったこと、母は全然教えてくれなかったんです。母が招待状を隠《かく》してたのを見つけて知ったんです」

「そがいなこと言うとったのぉ」

「一昨年、おばあちゃんが亡くなって広島に行きました。十五年ぶりぐらいでした。小《ち》っちゃいころはよく遊んでもらったのにずっと行かなくなって……。おばあちゃんのこと何も知らないって思って、おばあちゃんのことやピアノのこと、もっと知りたくなったんです」

「ほう」

「だけど、母も父も今はそんなことするときじゃないって」

「わしに言うとった。あんたを広島に関わらせたくないそうじゃ」

矢川は遠い目をして深く息を吸った。

「そんなこと言ってたんですか？」

「あ、内緒《ないしょ》にしてくんさいよ」

「言いません、絶対」

「お母さんの気持ちも分からんことはない」

「は？」

「わしも子供がおるけえ」

「…………」

会話がとぎれた。


矢川のトラックは広島の街へ向けてあともう一走りしている。

矢川は黙々《もくもく》と運転し、菜々子は助手席で黙っている。

矢川の言葉が菜々子の頭にずっと残っていた。

矢川にも奥さんがいて子供がいる。言われてみれば当たり前のことだと思う。でも、このように地方を回る生活を奥さんがよく赦《ゆる》しているものだと菜々子は思った。そして、子供がいるのならば、こうして出かけているときはずっと会えないのだから、子供はきっと寂しい思いをしているのだろうとも思った。それでも母に共感したということはどういうことなのだろう。

母の気持ちを「分からんことはない」と言ったのは、子供を広島から遠ざけたいという気持ちに対してということなのだろうか。

菜々子はずっと考えていた。

矢川も何か考えを巡らせながら運転しているようだった。

矢川のトラックは山陽自動車道から分岐して広島市街方面に向かう道へと入った。首都高速道路のように狭く防音壁《ぼうおんへき》の高い道が続くので菜々子は東京を出るときに感じた圧迫感《あっぱくかん》を思い出した。

流れる窓外の景色を見渡《みわた》すと、山沿いの狭い土地を切《き》り拓《ひら》いてできた住宅街があちこちにあるのが分かった。

「広島は土地がないけえ、こういう造成して家やら街やらつくったところがえっとある」

菜々子が物珍《ものめずら》しそうな顔をして見回しているのを矢川は見逃《みのが》さなかった。

「えっと」は「たくさん」とか「いっぱい」という意味だったのを菜々子は思い出した。母は広島を避《さ》けていたが、気を抜いたときや興奮したときなど広島弁が出ることがあった。

矢川はいろんな地方を回るからだろうか、標準語を喋ろうと意識しているようだが、やはり広島の方言がしゃべりやすそうだ。

矢川のトラックは高速道路を降りて街中へと向かって走る。

小高い山の手前、国道二号線を少し入ったあたりでトラックは停まり菜々子が助手席のドアから降り立つ。車高があるがいつしか上手に降りるようになっていた。矢川はトラックの荷台脇に回り込んで菜々子の大きな鞄を取り出して渡《わた》してやった。

「ありがとうございました」

「ほいじゃ、またのオ」

矢川は笑顔を残して去っていった。

大きなトラックはあっという間に小さくなって道路の先へと消えた。

見送った菜々子は向き直ると祖母の家を目指す。

二年前の葬式《そうしき》のときも火葬場《かそうば》の帰りにこの通りを曲がったはずだ。幼いころによく遊びに来ていた記憶があったのだけれど再開発で大きな道路が通って街の区画がまったく変わってしまったので菜々子は別の街に来ているような感覚になった。確か、祖母の家の周りには同じように被爆しても焼け残った家や、戦後間もないころに建った家などが残っていて古い町並みだったはず。菜々子は記憶の中の比治山《ひじやま》との位置関係を頼《たよ》りに祖母の家を探した。

町並みにポツンと盛り上がった比治山のふもとに祖母の家はあった。菜々子は路地の奥、植え込みに囲まれた家を見つけると歩く足も軽くなった。

3

ブロック塀《べい》の古びた門扉《もんぴ》を開けて敷地《しきち》に入ると、数寄屋造《すきやづく》りの古い建物が佇《たたず》んでいた。玄関《げんかん》の前に立ち見上げると、しっかりした筆で井原と書かれた表札が菜々子を出迎《でむか》えた。

菜々子はポケットから鍵《かぎ》を取り出し、玄関の鍵を開けて中に入ると、家の中は薄暗《うすぐら》く、春の陽気で暖かかった屋外と違《ちが》って空気がひんやりと、そしてどんよりとしていた。お母さんもしばらく帰っていないはずだし、親類も葬式《そうしき》の日以来訪《おとず》れていないだろうから、漂《ただよ》っているのは二年前の空気なのだろうか。おばあちゃんを見送った日のままの空気。菜々子は大きく吸ってみた。

菜々子は靴《くつ》を脱《ぬ》いで家に上がる。上がりかまちが現代の家と違って高く、慣れない菜々子はよろけてしまう。

漆喰《しっくい》の白壁《しらかべ》がひんやりとした廊下《ろうか》を奥《おく》へと進み、戸が開けられたままの茶の間に入っていくと、古い茶簞笥《ちゃだんす》の上に写真立てがいくつか並んでいる。

抱《かか》えていた鞄《かばん》を畳《たたみ》の上に置くと、菜々子は写真の前に進む。その中の一つ、千恵子が笑顔《えがお》で微笑《ほほえ》んでいる写真——東京の家の電話台に飾《かざ》ってあるのと同じ写真——の、千恵子の優《やさ》しい瞳《ひとみ》をジッと見つめ、心の中で千恵子に話しかけた。

そして周りに飾られている写真を一つ一つじっくりと見た。

縁側《えんがわ》でお母さんとおばあちゃんに挟《はさ》まれてはにかんでカメラを見ている幼いころの自分、これはしっかり覚えている。菜々子が四歳《さい》、数えで五歳のときにおばあちゃんが七五三のお祝いをしようと言ったら、お母さんが、女の子なのに五歳で祝うのはおかしいですよ、と言い合っていたのを覚えていたからだ。今思えばお母さんはそんなことを言いながらも、おばあちゃんの言うとおりに広島に菜々子を連れてきて神社にお参りしたのだから、このときはまだお母さんは広島を避《さ》けていなかったのだろう。言い合った後に撮《と》った写真なのにとても幸せそうな写真だ。お母さんが若い。菜々子が四歳だったから、お母さんは三十九歳のはずだ。おばあちゃんは七十三歳ぐらいか、菜々子が小さいころからずっと変わらない。鮮明《せんめい》に覚えていたのは、それ以降広島に行かなくなったからだということが頭に思《おも》い浮《う》かんだので、菜々子はすぐにかき消した。

隣《となり》にはおじいちゃんと並んで写るおばあちゃんの写真があった。おじいちゃんは菜々子が生まれる前に亡《な》くなっていたから、もちろん菜々子にはおじいちゃんの記憶《きおく》はまったくない。小さいころにおばあちゃんが話してくれた気がする。お母さんもおじいちゃんの話をしたことが何度かあったことを、この写真を見て思い出した。

この家はもともとおばあちゃんの実家の敷地の中にあって、おばあちゃんは隣の実家と頻繁《ひんぱん》に行き来していたという。おじいちゃんは婿養子《むこようし》に入ったものの、実家の家業を継《つ》がなかったので、肩身《かたみ》が狭《せま》い思いをしたということをお母さんか、おばあちゃんか、どちらかから聞いたことを思い出した。おじいちゃんは父親が高校教員をしていて終戦後に広島に赴任《ふにん》したので家族で越《こ》してきたと聞いたことがあった。おじいちゃんは県の職員をしていて県議会議員や市議会議員になるよう誘《さそ》われたこともあったけれど断り続けたということをおばあちゃんの葬式のときに親戚《しんせき》の誰《だれ》かから初めて聞いた。

写真の中のおじいちゃんとおばあちゃんは若い。六十歳ぐらいだろうか。

二人の写真の隣にはピアノの写真。部屋の隅《すみ》に置かれた古ぼけたピアノ……。

菜々子は振《ふ》り返《かえ》って歩き出すと廊下を抜《ぬ》けておばあちゃんの部屋に入った。八畳《じょう》ほどの整然とした部屋の隅に目をやる。薄暗いのに目が慣れると、長い間重い物を置いていたらしく古びた畳がへこんでいるのが分かる。それが四か所。写真のピアノが置いてあった場所のようだ。そこにはピアノに代わってラジカセが置いてある。ラジカセは七〇年代に流行した型で、スピーカーの形が格好よくデザインされていて、音質を調節するイコライザーが付いていた。菜々子はラジカセをチラリと見るが、さして興味を示さずに奥にある棚《たな》の前に座《すわ》り込《こ》んだ。

菜々子が目の前にしている棚には、裁縫箱《さいほうばこ》や巾着《きんちゃく》などが無造作に置かれたままになっている。おばあちゃんが使っていたままなのだろう。棚を見回すと古いピアノの楽譜《がくふ》やレコードの重厚《じゅうこう》なジャケットがいっぱいに並べられている。

父や母が、今でもときどきレコードでクラシック音楽を聴《き》いているので、菜々子は馴染《なじ》みがあった。菜々子は棚のレコードジャケットを片手で器用に捌《さば》きながら見ていく。

母はショパンやシューマンなどのレコードを好んでよく聴いているが、おばあちゃんがピアノの先生をしていたのにまったくピアノを弾《ひ》かないなんておかしいな、と中学生ぐらいのころに思ったことを思い出した。そういえば小学校五年生か六年生ぐらいのころだっただろうか、父と母がクラシック音楽を聴いているときに、ピアノを習いたいと訴《うった》えたことがあったことも思い出した。

レコードジャケットをめくるうちに忘れていたことが次々に頭に浮《う》かぶ。

めくっていると菜々子が知っているLPレコードよりも少し小さいジャケットもあることに気づく。どれも戦前か戦後すぐのレコードのようだ。輸入盤《ゆにゅうばん》らしく英語やドイツ語で書かれているが、ショパンやモーツァルト、シューマン、バッハ、ドビュッシー、そしてベートーヴェンはすぐに読めた。

ジャケットから出してみると、父や母が洋間の隅に並べて時折聴いている交響楽《こうきょうがく》やピアノソナタのレコードより少し小さい。菜々子はSP盤を知らない。LPレコードすら父や母がいまだに聴いているのが珍《めずら》しいぐらいに思っていた。今また若者の間でレコードやカセットテープが再流行しているようなのだが、菜々子はそういう最新の情報に疎《うと》かった。

菜々子は気になったベートーヴェンのSP盤を棚から取り出してレコード盤を眺《なが》めた。豪華《ごうか》なボックスを開いてレコード盤を直接入れている内袋《うちぶくろ》から取り出す過程はじれったく感じられるが、この緊張感《きんちょうかん》と期待感が愛好家にはたまらないのだろう。菜々子が知らなかったおばあちゃんの生活のぬくもりをこれだけたくさん目にしていることに興奮しているからか頭の中にさまざまなことが浮かんでは消えた。

菜々子はレコード盤を両手で持ち、角度を変えて盤面《ばんめん》に一通り光を当てて、じっくりとその反射する美しさを眺めた。

何度も針を落としたであろう溝《みぞ》は擦《す》れているが全体に傷《いた》みが少ない。七十年以上前のものとしてはとても綺麗《きれい》な状態なのではないだろうか。物持ちがいいことも菜々子が記憶《きおく》しているおばあちゃんと重なった。

おばあちゃんが聴いていたものはどのレコードも馴染みのある作曲家ばかりだった。ピアノを弾かないお母さんがショパンやベートーヴェンのピアノ曲が好きだったのはおばあちゃんの影響《えいきょう》だったことを菜々子は改めて納得《なっとく》した。

レコードを棚に仕舞《しま》うと、今度は目についた楽譜を取り出してめくる菜々子。

楽譜もまたショパン、ドビュッシー、ベートーヴェンなどが多い。

どれも戦前の楽譜らしい。

ベートーヴェンの楽譜を取り出した。そして、思い出した。五歳のときの記憶が蘇《よみがえ》った。おばあちゃんがピアノを弾いてくれていたときに譜面台《ふめんだい》に載《の》せていた楽譜だ。幼いころ、遊びに来るたびに弾いてくれていたのはこの楽譜の曲だったのだ。

菜々子は楽譜をめくった。

ブルグミュラーを習っている段階の菜々子にとってまだまだ難しい譜面だが、めくって譜面を見ていくうちにおばあちゃんが弾いてくれていただろう曲が分かった。

おばあちゃんが弾いてくれた「悲愴《ひそう》」第二楽章の旋律《せんりつ》が菜々子の頭の中に流れ出す。

「そうだ。これだ。この曲だった。幼いころ遊びに来たときにおばあちゃんが弾いてくれていたんだった」

楽譜をめくりながら菜々子は懐《なつ》かしさとそれ以上の言いあらわしがたいものが込み上げてくるのを感じた。

そしてその感情は次のページをめくると一気に高まった。

楽譜に四角くて黒い小さな紙が挟まっていた。菜々子はそれが何かすぐ分かった。楽譜を膝《ひざ》に置いて黒い紙を手に取って開いてみると思ったとおりだった。

折り紙のピアノ。

おばあちゃんが折ってくれたあのときの記憶はベートーヴェンの音の記憶にすり替《か》わっていた

のだ。それで、第五福竜丸の前で「月光《げっこう》」を聴いたときにあの記憶が蘇ったのだろう。しかし、菜々子は考えた。ベートーヴェンという単語で認識《にんしき》していたのか、旋律で認識していたのか、「月光」と「悲愴」が幼いそのときには単語として結びついていないだろうから旋律の記憶だったのか……。

おばあちゃんが菜々子の前で「月光」を弾いていた記憶がないからお母さんが「月光」や「悲愴」を聴いていたのが潜在的《せんざいてき》な記憶として菜々子に残っていて結びついたのだろうか……。

菜々子は考えるのをやめた。

菜々子は儚《はかな》いものをあつかうように折り紙のピアノを両手で優しくそっと包み込んだ。

「おばあちゃん」

茶の間に戻《もど》った菜々子は、唐木座卓《からきざたく》の前に座《すわ》って棚から持ってきたベートーヴェンの楽譜を開いて譜面を眺めている。脇《わき》には折り紙のピアノを立てて飾っている。

両手を座卓の縁《ふち》に持っていってピアノに見立てて弾こうとするが指が動かない。頭にも旋律が流れてこない。もし弾くことができたらあの美しい旋律は頭の中に流れてきたのだろうか、ふと考えてみるが菜々子は疲《つか》れがたまっていたのを今ごろになって思い出した。

思い出すと眠《ねむ》くなる。

菜々子は大きく伸《の》びをして畳に寝転《ねころ》がった。

仰向《あおむ》けになって天井《てんじょう》を見つめる菜々子。

「そうだ。古い家の天井板《てんじょういた》には木目があるんだ」と小さいころにこうして昼寝《ひるね》をしたときにじっと天井を見ていたことを思い出した。

木目はいろんなものに見えた。

家族で動物園に行ったときに見たカバの顔……。

水族館に行ったときに見たトドの顔、セイウチの顔、ラッコの顔……。

空を舞《ま》う竜の顔、姿……。

今まで見たこともない、漫画《まんが》のようなキャラクターも木目の中にいた。これを今自分がイラストに書き起こして売り出したら、世界的なキャラクターになるのではないか、などと思ってみるがどうせすぐに忘れるのだ。これまでも古い旅館に泊《と》まったときに思い出して同じことを考えたりしたがいつもそうだった。遡《さかのぼ》ると五歳のときにおばあちゃんの家に来てこうして寝転がって天井の木目を見たのが初めてだった。

菜々子はいつの間にか眠っていた。

よほど疲れていたのか菜々子はまったく動かずにぐっすりと眠っている。

縁側から差し込む陽光が長く伸びて菜々子の顔を照らした。

眠りが浅くなってきた菜々子の夢の中なのか、ベートーヴェンの「悲愴」第二楽章が流れてくる。

目が覚めて起き上がると確かにピアノの音がする。夢ではない。廊下を挟んだおばあちゃんの部屋のほうからその旋律は聞こえてきているようだ。

菜々子は身を乗り出してそっと覗《のぞ》き込《こ》んだ。

ハッとする菜々子。

おばあちゃんがピアノを弾いている。

菜々子は固まった。そしてわが目を疑った。

おばあちゃんはピアノを弾く手を止めて菜々子に振《ふ》り向《む》くと、優しく微笑んだ。

「菜々子ちゃんも弾いてみる？」

驚《おどろ》いた瞬間《しゅんかん》、菜々子は目が覚めた。そして慌《あわ》てて身を乗り出しておばあちゃんの部屋を覗き込むが誰もいないし部屋の隅にピアノはない。

――夢だった。

それにしても感覚があまりに鮮明だった。部屋の空気感も肌《はだ》に残っていた。菜々子はふと茶簞笥の写真を見た。

おばあちゃんが優しい微笑みを向けていた。

もしかしたらずっと見ていたら話しかけてくるんじゃないかと思って菜々子はしばらく写真を見ていた。しかし、おばあちゃんは微笑んだままだった。

菜々子は思い直して立ち上がると、祖母の部屋に入っていってラジカセの前に座り込んだ。

菜々子は恐《おそ》る恐《おそ》る再生ボタンを押《お》してみる。

ガチャッと重い音がするが、装塡《そうてん》されているカセットテープは回らない。停止ボタンを押すと、ガチャッとまた重たい音がしてボタンが戻った。何度か再生ボタンを押しては停止ボタンを押す動作を繰《く》り返《かえ》すが、カセットテープが回り出す気配はない。睡眠《すいみん》が浅いときに外からの音が夢の中に入り込んできたことはこれまであったように思うが、ラジカセから聞こえたのではなさそうだ。

菜々子は座卓に戻ると折り紙のピアノをそっと手に取った。

五歳のときにおばあちゃんが折ってくれたピアノ。菜々子はずっと忘れていたのだが、初めて聴きに行った被爆《ひばく》ピアノコンサートのときに思い出してからは、つい昨日のことのように感じられるようになった。幼いころの写真を見ると、その当時の生活の記憶がまったくないのに、その写真が撮《と》られたときのことだけは覚えているような感覚に似ているのかもしれない。今ではおばあちゃんがピアノを折ってくれる音までもが確かに聞こえた。

突然《とつぜん》くぐもった電子音が聞こえてきた。

菜々子は音に気づいて見回し、「ああ、あれか」と鞄に手を伸ばし脇ポケットから呼び出し音が鳴《な》り響《ひび》いているスマートフォンを取り出して電話に出た。

「お母さん？　メール見てくれた？」

「こっそりメールして済ますことじゃないでしょ？　黙《だま》って広島まで行って！　え？　連休中いるの？　黙って鍵持っていって、まったく。矢川さんも非常識よ！　若い娘《むすめ》をトラックに乗せるなんて」

母の久美子は自宅の電話から菜々子に語気を強めて返した。電話台では写真の千恵子が微笑んでいる。

「だから、私が無理に矢川さんにお願いしたの！」

「いくらあなたがお願いしたからってねえ……」

「おばあちゃんのこと、広島のことを知りたいの……」

「今知らなくてもいいことでしょ」

「そればっかり」

またか、という顔をした菜々子はうんざりして電話を切った。

空が赤くなっている。

菜々子は、縁側の雨戸を閉めて茶の間の電気をつけた。そして、茶簞笥のおばあちゃんの写真を見て何かを語りかけた。


夜、母の久美子は整理棚から新聞記事の切《き》り抜《ぬ》きを取り出して見ている。

「お母さんの被爆ピアノを寄贈《きぞう》」とある。

菜々子がコピーを持っていて、第五福竜丸展示館でのコンサートの後に見せられたあの記事だ。菜々子がどうしてこの記事を見つけたのか考えてみた。展示館での被爆ピアノコンサートの招待状を見つけて、この棚も探《さぐ》って記事まで辿《たど》り着《つ》いたのだろうか。そうするとこれまでの矢川からの招待状や手紙も読まれているかもしれない。久美子は引き出しにたまっている手紙の中に手を入れて無造作に一通取り上げた。久美子は届いた手紙や招待状は必ず目を通すようにしていた。開封《かいふう》してあるからそれを読まれたのかどうなのかは判別がつかない。久美子は引き出しの中に取り上げた一通を戻した。郵便受けから手紙を取り出すのはほぼ久美子なので、何か意志を持たないと菜々子は郵便受けを見ないはずだ。たまたま待ちわびていた郵便物を探して招待状を見つけたのか、何かに気づいて郵便受けを見るようにしていたのか、分からない。もしかしたらこの棚の手紙を先に見つけて郵便受けを見張っていたのかもしれない。いずれにしても菜々子はもう動き出していた。

「思い出してるのか?」

背後からの声に反射的に久美子は振り返った。

公平が優しく微笑みかけている。

「昔のものは捨ててしまったから」

「今更《いまさら》そんなにこだわらなくてもいいんじゃないかな」と言いながら公平は久美子の脇にどっしりと座り込んだ。

「ピアノのことだって、お義母《かあ》さん、菜々子にやらせたかったのに物心ついてからは広島から遠ざけて……」

「あなたには分からないでしょ、被爆二世がどれだけ差別されたか」

「分からないよ。だけど、そう言われると話が終わってしまう」

「話しても結論が出ないからよ。昔から何も変わってない。これは当事者じゃないと分からないことなの」

「家族は当事者じゃないのかな」

「…………」

久美子は言葉が返せなかった。


相生橋《あいおいばし》を路面電車が走っている。古い車両で『652』と車体に番号が書かれている。橋のたもとの電停にはその路面電車から降り立った菜々子が信号を待っていた。電停とは路面電車停留所の略なのだそうだ。

　菜々子が今乗ってきた車両は被爆電車なのだが菜々子は知らなかった。広島電鉄には今も被爆した車両が三台あって、『651』『652』『653』の車体番号を付けた車両が被爆電車なのだという。そういっても七十三年前のその当時からのものは台車の一部だそうだ。信号待ちの間に、菜々子の脇で待っている観光客らしいカップルがガイドブックを見ながらそのように話しているので菜々子は聞き耳を立てていた。広島には、被爆した建物や樹木などがあり、それらを被爆建物、被爆樹木と呼んで記憶を残していた。

　横断歩道の信号が青に変わると、菜々子は歩き出して歩道を抜け、木々に囲まれた公園へ入っていった。そして立ち止まり見上げると、原爆《げんばく》に傷つけられたままでドーム型の骨組みが残ったむごい姿の建物の残骸《ざんがい》が聳《そび》えていた。

　この建物の前に立つと厳《おごそ》かな気持ちになる。

　菜々子が原爆ドームを見上げていると、ピアノの音が遠くから聞こえてきた。

　音のするほうへ向かって原爆ドームの脇を菜々子が抜けていくと川が流れていて、対岸の親水テラスで被爆ピアノを制服姿の女生徒が弾いている。それに合わせて合唱している二クラスほどの人数の男女生徒たち。

菜々子のいる原爆ドームの前から親水テラスまで直線で百メートルぐらいあるだろうか、それだけ離《はな》れていても被爆ピアノの音色はしっかりと響《ひび》いてきて生徒たちの歌声は心に響いてきた。

菜々子は早足で相生橋《あいおいばし》を渡《わた》り、親水テラスで歌っている生徒たちの近くまでやってきた。近いと思ったが歩いて橋を渡ってくると結構距離《きょり》があった。荒《あら》くなった息を整えて生徒たちの歌に集中しようと菜々子は大きく深呼吸をした。

対岸で聴いた歌はすでに歌い終えて生徒たちは「故郷《ふるさと》」を歌っていた。

近くで見ると生徒たちは思った以上に若い。表情に残る幼さから中学校三年生だろうか、矢川から修学旅行生と聞いて菜々子は勝手に高校生とばかり思っていた。若者たちが被爆ピアノの伴《ばん》奏《そう》に合わせて歌っている姿が菜々子の心に強く残った。

自分より若い人たちがひたむきに原爆に向き合っている。

生徒たちの脇で引率《いんそつ》教師が数人合唱を見守っていて矢川も直立不動で聴いている。

生徒たちは原爆ドームに向かって歌っている。

こころざしをはたして
いつの日にか帰らん
山はあおき故郷
水は清き故郷

郷愁《きょうしゅう》を掻《か》き立《た》てる抒情溢《じょじょうあふ》れるメロディだが、原爆ドームを前にして歌詞が特に意味深く感じられた。

志を果たせなかった人……。帰ることができなかった人……。

やがて生徒たちは歌い終え、引率の教師に促《うなが》されて被爆ピアノの周りに集まった。

「触《さわ》ってみんさい」と生徒を促してピアノに触《ふ》れさせる矢川。

「皆《みな》、並んで、被爆ピアノに触って感じてください」と引率教師も生徒たちに声をかける。

生徒たちは順番に被爆ピアノに付いた傷を確かめるように手で触れたり、鍵盤《けんばん》を叩《たた》いて音を出したり、簡単な曲を弾いたり、思い思いの時を過ごした。

眉《まゆ》を自分なりのこだわりで整えた、普段《ふだん》ピアノなど縁《えん》がないだろう、やんちゃそうな男子が鍵盤を人差し指で何度も叩くと単音が何度も響いた。

おませな女子二人組がピアノの脇に付いた傷跡《きずあと》を手で触れて七十三年前の出来事に想《おも》いを馳《は》せているようだ。

手で触れて確かめる生徒たち。

「これはね、爆風《ばくふう》で飛んできたガラスが刺《さ》さった傷ですよ」

矢川の言葉に驚いたように頷《うなず》く生徒たち。

矢川は生徒たちに「ずっと忘れんといてくださいね」と思いを伝えた。

矢川に頷いた生徒一人一人の表情を瞼《まぶた》に刻んだ菜々子。

生徒たちが去って被爆ピアノがポツンと残った。

被爆ピアノの演奏を聴いているときは気づかなかったが、散策する観光客の声や遊び回る子供たちの声、鳥の鳴き声、誰かが平和の鐘《かね》を撞《つ》いた音……、さまざまな音があちこちでわき、息づいていた。

矢川はしゃがみ込んで機材などをかたづけている。その後ろ姿からは全国をトラックで回って被爆ピアノを届けている活力は感じられない。一年に百ヵ所以上を回りながら、修学旅行シーズンには原爆ドーム前でこうして被爆ピアノを修学旅行生たちに演奏してもらうことが毎年五十回以上あるという。それだけの体力、そして気力がどこから来るものなのか菜々子には分からなかった。

修学旅行生の歌声も心に残ったのだが、それ以上にピアノにも原爆にも興味のなさそうな男の子が鳴らした単音が、ずっと菜々子の心に響いていた。

菜々子は被爆ピアノの前に佇んでいた。そして椅子《いす》に座った。それは無意識に近かった。

菜々子は鍵盤を見つめた。菜々子が大学で習う電子ピアノの鍵盤とはまったく違う。

「弾いてみる?」

不意の言葉に菜々子がハッとして見上げると、矢川が立っていた。

矢川の一言に押されて菜々子は鍵盤に両手の指を載せた。

しかし、弾けない。

「バイエルでええよ」

矢川に促されて菜々子は弾こうと意気込むが、弾けない。大学の電子ピアノは拙《つたな》いながらも弾けるがこの鍵盤は弾けない。まったく別のものだ。

弾こうと指を鍵盤に載せたままでいたが、やがて菜々子は立ち上がった。そして矢川に深々と頭を下げた。

矢川は何も言わずに被爆ピアノをかたづけ始める。

立ったままの菜々子。

対岸に原爆ドームが聳えていた。

機材などをまとめてピアノの周りに集めた矢川は菜々子の脇にやってきて原爆ドームと川の風景を眺めた。

「腹が減ったのオ」

菜々子は矢川に頷いた。

台車に載せた被爆ピアノを矢川と一緒《いっしょ》にトラックまで運び、機材や備品などのかたづけを終えると、トラックでいったん矢川のピアノ工房《こうぼう》に戻った。そこで軽自動車に乗《の》り換《か》えてお好み焼き屋の前に乗り付けた。店の前が路上パーキングになっていて、矢川は三百円を機械に入れて出てきたシールをフロントガラスに貼《は》った。

一連の動きが機敏《きびん》な矢川に、ただついて回ってきた菜々子は、矢川の後ろにくっついてオタフクの顔の暖簾《のれん》をくぐって店に入っていった。

店内は狭い。畳一畳分ほどの鉄板が店の真ん中に置いてあって、その周りで数人が食べられるほどで、その後ろに四人掛けのテーブル席が三つある。

矢川と菜々子はちょうど空いていた鉄板の前に座った。その奥で店主が迎《むか》えると、矢川は定番のお好み焼きを二つ頼《たの》んだ。

「あいよ」と言うが早いか店主は溶《と》いた小麦粉を鉄板にサッと流してクレープのような薄《うす》く丸い生地《きじ》を二つつくると、その上にキャベツ、豚《ぶた》バラ肉、そして、別にいためていた焼きそばのような麺《めん》とイカ天などを手早く地層のように重ねていって、卵を割ってその上で黄身をくずすと具材に沁《し》み込《こ》んでいって食欲がわいてきそうなとろりとした色つやになった。

いい具合に焼けたところでそれをひっくり返す。

菜々子はつくっている様子を凝視《ぎょうし》しているが心ここにあらずというような表情のない顔をしている。

矢川は特に気にもせず鉄板で焼けるお好み焼きを早く食べたそうに見ている。

菜々子は突然「ごめんなさい」と矢川に頭を下げた。

「何が？」

「せっかく矢川さんが弾いてもいいと言ってくれたのに」

矢川は一瞬《いっしゅん》何を言われているのか分からなかったがすぐに思いいたった。

「そんなのええよ」

「あの……」

「ん？」

「修学旅行の子たちが歌っていた歌は何という歌ですか？」

『故郷』じゃろ」

「じゃなくて、その前に歌ってた……」

「ああ。あれは『ヒロシマの有る国で』ちゅう歌じゃ。山本さとしというミュージシャンがつくったオリジナルの歌じゃ。修学旅行で歌う学校は、あの歌や「大地讃頌《だいちさんしょう》」、それに「故郷」を選ぶことが多いのォ」

「そうなんですね。聴いたのは途中《とちゅう》からだったんですけど、すごく印象に残りました」

「ほう」

矢川はまんざらでもなさそうな顔をした。それは自分の活動に菜々子が感心したのが嬉《うれ》しいのではなくて、菜々子が心から被爆ピアノに興味を持って、若者たちが歌った姿に素直《すなお》に感銘《かんめい》を受けたからだった。

上っ面だけで「よかった」という人たちを矢川は何人も見てきた。

しかし、そんなことは菜々子には話さないようにしようと矢川は思った。菜々子は純粋《じゅんすい》に被爆ピアノや広島に向き合おうとしているのだから。

そこへ「お待たせ」と目の前で焼いていたお好み焼きを店主が大きなヘラで菜々子と矢川の前に寄せる。

焦《こ》げたソースの匂《にお》いが焼けた煙《けむり》に混じって漂うと矢川は胸いっぱいに吸い込んで「ここのは昔ながらの味なんじゃ」と嬉しそうに菜々子を見る。

「凄《すご》いボリューム！」と菜々子も気分が高揚《こうよう》した。

「こうやって食べるんじゃ」とヘラで器用に切って食べてみせる。

「いただきます」

菜々子は見様見真似《みようみまね》で矢川のようにお好み焼きを切ってヘラに載せて口に運ぶがヘラもお好み

焼きも熱くて上手に食べられない。

矢川はおかしそうに「箸《はし》で食べればええ」と自分はヘラで上手に食べた。言われたとおりに菜々子は箸に持ち替えて少しずつつまんで食べる。その様子を矢川は微笑ましく見守った。

箸にしたら余裕《よゆう》が出てお好み焼きを味わうことができた菜々子は「美味《おい》しい」と次第《しだい》に大きめに切って食べていく。

そして頭に浮かんだ素朴《そぼく》な疑問がそのまま口をついて出た。

「お好み焼きはどうして広島の名物なんですか？」

「まあ、安いからじゃろうね」

「ふうん」

期待した答えではなかったのか、あっさり答えが分かってしまって実感がわかないのか、菜々子は素直に受けたまま返した。

ヘラで器用に食べる矢川と、箸で黙々と食べる菜々子。

この店のお好み焼きは他のお好み焼きと違って卵が半生でそれがまたしっとりして美味しい。

矢川は鉄板脇に置いてあるソースを追加で掛けてみせた。それを真似《まね》て菜々子もソースを掛けた。追加で掛けたソースが鉄板に垂れて焦《こ》げ付《つ》き、いい匂いが漂《ただよ》った。

食べているうちに菜々子は思案して何か言いたげにタイミングを見始めた。

そして、「おばあちゃんのピアノを見せてもらえますか?」と切り出した。

「それなんじゃが、あんたのお母さんにはよう言わんかったんじゃが修理しても弾けるかどうか分からんのよ」

「?! 直らないってことですか?」

「おばあちゃんはずっと弾いとらんかったんじゃろ? 思うた以上に傷《いた》んどるんよ。お披露目《ひろめ》だけして、あとは見て触って感じてもらうようにしようと思うとる」

「弾いてもらえないんじゃ意味ないじゃないですか!」

「音の鳴らないピアノをお客さんに聴かせられんよ」

「でも、……だったらピアノ返してくれませんか」

「返しても弾けんよ」

「だって……」

「非常識なこと言うたらいけんよ。あんたのおばあちゃんだってがっかりするよ」

「ごめんなさい。弾けなくてもいいのでおばあちゃんのピアノを見せてください」

「そうじゃのオ……」

矢川が何か言いかけたところに店主が手を伸ばして矢川と菜々子のコップに水を注いだ。

「お好み焼きの話な、戦前流行《はや》った一銭洋食という粉もんが元になっとるいう話じゃ。戦後貧しいもんが腹いっぱいになるよう、安いキャベツやもやしなんかを入れて食べるようになったそうじゃ。そのうち麺を入れるともっと腹持ちええから入れるようになった。あっちゃんだの、えっちゃんだの、みっちゃんだの、店の名前に〝ちゃん〟が付くのは、戦争で旦那《だんな》が死んだ未亡人が店を出したんが多いからという話じゃ」

一気にまくし立てるように店主は話した。

菜々子はあっけにとられ、矢川はおかしそうに笑った。

「よう覚えとるの」

「受け売りじゃ」

と冗談《じょうだん》めかして笑う店主。矢川と菜々子はつられて笑った。しかし菜々子は店主の話を自分の中で反芻《はんすう》して戦後を生き抜いた人たちの逞《たくま》しさがお好み焼きに詰《つ》まっていることの凄さを改めて嚙《か》みしめた。

歴史を聞いて食べると違う味がする気がした。

食べ終えて支払《しはら》いを済ませると、店主に「また来るけえ」と店を出る矢川に倣《なら》って菜々子もぺこりと頭を下げて挨拶《あいさつ》をして店を出た。

車の前で「ごちそうさまでした」と菜々子は矢川に礼を言った。

「送ってやる」と矢川が車に乗るよう促してくれたが菜々子は「まだ時間があるんで歩いて帰ります」と断る。

「ほいでもここからだと一キロはあるし道は分かるんか？」

「はい。自分で歩いてみたいんです。いざとなったらスマホで道を見ます」

「ほいじゃあ、気いつけてのオ」と矢川は菜々子に軽く手を挙げて軽自動車で帰っていった。

菜々子は矢川を見送ると歩き始めた。

歩きながらショルダーバッグからガイドブックを取り出して付箋《ふせん》をしていたところを探す。

お好み焼き屋からじぞう通りを歩いてすぐ大きな通りにぶつかった。通りに『平和大通り』と看板が立っている。菜々子は横断歩道をまっすぐ渡って左のひっそりとした遊歩道の脇に『移動演劇さくら隊原爆殉難碑《じゅんなんひ》』を見つけた。

「広島に行くなら写メを撮ってきて」と咲に頼まれた場所だった。高校のとき演劇部だった咲が真っ先に行ってほしいと言った場所。咲には広島に来ることを話していた。ただ、トラックで来るとは話していなかったから経緯《けいい》を話したら驚くだろう。被爆ピアノのこと、おばあちゃんのことに関心を持たなかったら今も広島にはいなかっただろうしこの場所にも来なかっただろうと思いながら菜々子は自分と同じような年齢《ねんれい》でこの地で果てた先人たちに向けて手を合わせた。

演劇で全国を慰問《いもん》して回っている中でたまたまあの日にこの街に居合わせた若者たち。

菜々子は演劇に縁がないけれど母の影響でシェイクスピアなどは読んでいたので台詞《せりふ》を覚える労力は並大抵《なみたいてい》のことではないだろうと想像して、そうした積み重ねに時間を費《つい》やしたものが一瞬で失われたことを思ったらいたたまれなくなった。何よりも命が一瞬で奪《うば》われたことが理不尽《りふじん》でならない。

菜々子は平和大通りを歩いて比治山のトンネルをくぐっておばあちゃんの家に辿り着いた。

何もしたくないぐらいに疲れていた菜々子は、帰りがけに買ったコンビニの弁当を食べてすぐに寝ることにした。

おばあちゃんが書いたらしき手書きの説明書を見ながら古いガス風呂《ぶろ》の釜《かま》で湯を沸《わ》かしてシャワーを浴びた。

菜々子は寝室《しんしつ》に行き常夜灯をつけて横になると、ここの天井も木目があることを思い出した。

菜々子は木目を見ながらいつの間にか眠っていた。


翌日、菜々子は広島の街に出た。空が晴れ上がっている。そういえば今日から五月だということを思い出した。

路面電車に乗ってまた原爆ドームにやってきた。

目の前にすると威圧《いあつ》される。

昨日は修学旅行生たちの演奏を聴きに来たのでゆっくり見られなかった原爆ドームを間近でじっくりと見た。

原爆ドームの周りを立ち止まりながら違う角度から何度も見た。

昨日の親水テラスを対岸に眺めながら川沿いを元安橋《もとやすばし》を目指して行くと橋の先にレストハウス

と原爆資料館が見えた。

レストハウスはリニューアル工事をしていて見られなかったので、資料館に行く。展示されているものは菜々子には充分《じゅうぶん》参考になった。

破れて血が付いたままの子供たちの服……。

フレームが歪《ゆが》んだ三輪車……。

腰《こし》かけたまま亡くなった人の影が残ったと言われる石段……。

きのこ雲の写真……。これまでニュースで原爆投下後に撮ったアメリカ側の映像でしか見たことがなかったきのこ雲が、落とされた側の目線で写真として残っていたことを知らなかった。

菜々子は衝撃《しょうげき》を受けた。そして、正式な名前が『広島平和記念資料館』だということが分かった。

館内の展示をじっくり見て回って疲れたのと、昼前だがかなり暑くなっていたので菜々子は休憩所の自動販売機《じどうはんばいき》で飲み物を買って椅子に座って休んだ。

母が広島出身でありながら初めて訪れた原爆資料館……。そのことがどういうことなのか、そういう人は他にどのぐらいいるのだろうか、菜々子は考えた。

海外からの観光客がたくさん資料館を訪れていたことも印象に残った。

やはり気になった菜々子は、少し歩いてレストハウスの前で立ち止まった。

説明板によると、爆心《ばくしん》から百七十メートルの建物が奇跡的《きせきてき》に残って地下にいた作業員が一人生き残ったという。菜々子は原爆資料館を見て回って爆心から半径二キロ以内はほぼ壊滅的《かいめつてき》だったと記憶していたので、この距離でも生き残った人がいることに驚いた。

菜々子はまた歩き出すと、元安橋を渡ってすぐの島医院の前にある爆心地の碑までやってきた。

この真上で炸裂《さくれつ》したのか……。

菜々子は空を見上げた。

たった一発の爆弾《ばくだん》で人生が変わるなんて……。

たった一つのことで人生が変わったことなんてあっただろうか。小さいころはたった一回の失敗ですべてが台無しになるのではないかと考えていたがそのようなこととは比べられない。比べることではなかった。菜々子は今思いついたことを消したいと思った。

旧日本銀行広島支店の建物、袋町《ふくろまち》小学校平和資料館、そして、パン屋の広島アンデルセンの建物を回った。

旧日本銀行は爆心から三百八十メートルの至近ながら、建物はそのままの姿を比較的《ひかくてき》残していた。地下には堅牢《けんろう》な金庫が綺麗に残っていた。二十二人もの人がこの建物では生き残ったそうだ。菜々子はそれだけの生存者がいたことをよかったと思った。しかし、広島に原爆が落とされなければ十四万人以上の人が死ななくて済んだ。でも、たとえ原爆が落とされなかったとしても、空襲《くうしゅう》で何万人かが死んだのかもしれない。だからやはり戦争さえなければ。菜々子はそう思った。

旧日本銀行の裏手にある袋町小学校平和資料館の階段の壁《かべ》には、身内の安否を尋《たず》ねる伝言がチョークでびっしり書かれた壁面のレプリカがあった。

絶望的な状況《じょうきょう》の中ですがる思いで書いたであろう伝言の一つ一つを読んでいると、菜々子は胸が締《し》め付《つ》けられた。

アンデルセンは商店街の中にあった。店はアーケードの通りに面していて地元の若者や観光客で賑《にぎ》わっていた。菜々子は被爆当時の面影《おもかげ》を残している建物の外観を眺めた。ここもやはり被爆当時は銀行だったという。銀行はやっぱり頑丈《がんじょう》につくってあるのだな、と単純に思った。

店に入ろうとしたら閉まっていた。案内板を読むと改装のために閉店しているという。レストハウスに続いてここもだ。偶然なのか、同じぐらいの時間が経過して老朽化が進んでいるのだろうか。

菜々子はどうしても食べたくなって案内板にある仮店舗《かりてんぽ》に向かった。店に入って昼食を摂《と》ると、サンドウィッチとデニッシュを夕飯用に買った。

母がときどきアンデルセンのパンを買っていたのを思い出した。菜々子はずっと表参道の店が本店とばかり思っていた。そういえば、うちの醬油《しょうゆ》は牡蠣《かき》醬油だしソースはオタフクだ。広島を避けているのに食べるものは別なのだな、などと思いながら八丁堀《はっちょうぼり》の電停まで歩いた。電停前の福屋百貨店の建物も被爆建物だった。

回りたかった場所を駆《か》け足《あし》で回って路面電車に乗り、的場町《まとばちょう》という電停で降りてそこから少し歩いた。

途中、広島カープの帽子《ぼうし》を被《かぶ》ってユニホームを羽織った人たちとたくさんすれ違《ちが》った。ナイターを観にマツダスタジアムに向かう人たちのようだ。菜々子は人の波を逆流するようにおばあちゃんの家に戻った。

玄関の鍵を開けるついでにポケットからスマートフォンを出して健康アプリの歩数計を見たら二万歩以上歩いていた。

家に入ると陽が暮れかけて室内が薄暗くなっていた。

菜々子は、疲れを取ろうと今日はガス釜《がま》でお湯を沸かして湯船にじっくりと浸《つ》かった。身体《からだ》が温まり血の循環《じゅんかん》がよくなると全身から疲れが抜けていくような気がした。

風呂から上がってパジャマに着替《きが》えて買ってきたサンドウィッチとデニッシュを食べるとようやく落ち着いた。

菜々子は座卓に置いたままの楽譜を手に取って「悲愴」第二楽章のページを開いた。座卓の上に飾ってある折り紙のピアノに目をやり再び譜面に目を落とすと、座卓の縁《ふち》を鍵盤に見立てて気持ちを両手の先に集中させて指を動かし始めた……。だがしかし、すぐに指が止まってしまう。

菜々子はまだこの曲を弾くことができない。

疲れてもいたので菜々子は早めに寝ることにした。

次の日、広島は雨だった。

菜々子はおばあちゃんの棚をまた見ている。「QUARTET NO.4 IN C MINOR」と書かれた重厚なアルバムを手にしてみるが、どのような曲なのか分からない。STRING とあるので弦楽器《げんがっき》の演奏なのだろうか。ベートーヴェンのものだということは分かった。他のレコードも同じようにショパン、シューベルトは分かったが、やはりどんな曲なのか分からないものばかりだった。菜々子はレコードの上の棚を見た。古いノートが目に留まり取り出してめくった。ピアノを教えていたころのものだろうか、カリキュラムや生徒らしい名前、上達度合いなどが書かれている。そして、ページをめくっていくと「交響曲《こうきょうきょく》第九番・歓喜《かんき》の歌《うた》」のドイツ語詞とその読みがカタカナで書かれていた。カタカナの字体に人柄《ひとがら》が現れているようで菜々子は微笑ましく思った。メモ書きで昭和五十年十二月二十五日五時とある。おばあちゃんはきっと第九の合唱をこの日のために練習したのだろう。

さらに棚を探し回っていたら日記らしいノートがあった。菜々子は取り出して読もうと開いてみるが思い直して閉じた。そして棚に戻した。読みたい気持ちと読んではいけないという気持ちとどちらもあったが、今は読んではいけないという気持ちのほうがやや強かった。

菜々子は廊下に出て台所に入った。テーブルは物が積み上げられて使えない状態になっている。幼いころ、ここでご飯を食べたような記憶がある。菜々子は思い出そうと記憶を辿《たど》ったが思い出せない。

菜々子は冷蔵庫を開けてみた。庫内は母が整理したのか何も残っておらず電源も切ってある。しばらく滞在《たいざい》するつもりなので菜々子はとりあえず電源を入れた。そして冷蔵庫の下にある引き出しを開けると小ぶりの壺《つぼ》が隅にあった。取り出して開けてみると梅干しが入っている。おばあちゃんが漬《つ》けたのだろうか、手作りだ。少なくとも二年以上前のものだ。菜々子は指を入れて一粒《つぶ》取り出して食べた。

酸《す》っぱい。

でも美味しい。

菜々子は梅干しの壺を冷蔵庫に戻すと流しの下や食器棚などを見た。

食器棚に小さい茶碗《ちゃわん》が残っていた。菜々子が使っていたものだ。すっかり記憶から抜け落ちていたがこうしたものを見ると思い出すこともある。それでもテーブルで食べた記憶は呼《よ》び戻《もど》せなかった。

菜々子は台所を出て脇の納戸《なんど》を開けた。

薄暗いが漆喰の壁でひんやりとしていて美しい。

中に入っていくと石油ストーブやオイルヒーター、扇風機《せんぷうき》、冷風機など使わなくなったものが置かれていた。勉強机もあった。母のものだろうか、その上には段ボール箱がいくつも重ねられて積まれていた。そして緑の網《あみ》のようなものが畳《たた》まれて重ねられていた。菜々子は蚊帳《かや》を知らなかった。

さらに見ていくと、卓袱台《ちゃぶだい》と子供用の小さな椅子があった。菜々子は思い出した。台所のテーブルでは食べていなかった。この卓袱台で、この椅子に座って食べていたのだった。たぶん、もう少し大きくなってから広島に来たときに一度テーブルで食べたかもしれないが、その後は広島に来なくなっていたのだった。二年前の葬儀《そうぎ》で来たときは茶の間の座卓で食べていた。菜々子は思い出した。

小さな椅子を手に取って持ち上げてみたらとても軽かった。

雨が降っていたのでこの日は食事の買い物だけ近くのコンビニに出かけて済ませ、ずっとおばあちゃんの家で過ごした。

4

菜々子はまた広島の朝を迎《むか》えた。雨は上がっている。通りを走る路面電車の音が響《ひび》き、車の行《い》き交《か》う音、人々の足音が響く。

井原家の周囲は静かで少し離《はな》れた幹線道路の音が遠くに聞こえる。比治山《ひじやま》の鳥たちだろうか、雀《すずめ》や四十雀《しじゅうから》の鳴く声がする。

寝室《しんしつ》で菜々子が寝《ね》ている。

気候もいいし静かなので疲《つか》れていた菜々子は目覚まし時計でも鳴らないとまだ起きそうもないぐらいにぐっすり眠《ねむ》っている。

そこへ「悲愴《ひそう》」第二楽章を弾《ひ》くピアノの音が流れてきた。

菜々子は意識が戻《もど》ってきたのだろうか、呼吸のリズムが不規則になってきた。

やがて旋律《せんりつ》が耳から脳に届いたのか、音に反応する菜々子。目が覚めて耳をすまして旋律が流れているのを確かめると、菜々子は布団《ふとん》を剝《は》いで寝室から飛び出した。おばあちゃんの部屋を早足で抜《ぬ》けて廊下《ろうか》をまたいで茶の間に着いた。

「お母さん……」

久美子が座卓《ざたく》に座《すわ》ってラジカセを聴《き》いていた。

聴こえていたのはラジカセからの音だった。

久美子はラジカセを止めて菜々子に笑顔《えがお》を向けた。

「驚《おどろ》かせた?」

「ていうかどうして?」

菜々子は力が抜けて久美子の向かいに座ってラジカセを見た。

「これ、動くの?」

「電池のとこ壊《こわ》れてるけどコードを差せば動くのよ」

久美子はラジカセのスイッチを押《お》してカセットテープを再生してすぐにまた止めた。

菜々子はラジカセに顔を近づけてまじまじと見た。

「それ、食べて」

久美子はそう言うと座卓の脇《わき》に置いてあった紙袋《かみぶくろ》からサンドウィッチを取り出して菜々子に勧《すす》めた。一昨日《おととい》菜々子が食べたのと同じサンドウィッチだった。

菜々子はふと笑ってしまって「いただきます」とつまんで食べる。

「なに？　どうかした？」

「何でもない」

菜々子はサンドウィッチが一昨日よりも美味《おい》しく感じた。

「お父さんに言われてね、それで来ることにしたの」

「何て言われたの？」

「まだ整理つかないから、そのうち話すわ。食べたら出かけるから急いで食べて」

「どこに？」

「矢川さんのところ」

「えー？」

広島の街は連休だからか賑《にぎ》わっていた。特に海外からの旅行者らしい外国人の姿が目立つ。初夏を思わせるカラッとした陽気で半袖《はんそで》の人も多い。

菜々子は母と一緒《いっしょ》に路面電車に乗っていた。

被爆《ひばく》電車ではなかった。車両が三両ある新しめの車両だった。車内には広島カープの中吊《なかづ》り広告や宮島《みやじま》の広告など広島らしさが溢《あふ》れていた。

バスセンターでバスに乗《の》り換《か》えて山あいに向かった。トンネルを抜けると丘陵地《きゅうりょうち》に整備された街が広がっていた。終点で久美子と菜々子はバスを降りてさらに三キロ歩いて矢川のピアノ工房《こうぼう》に辿《たど》り着《つ》いた。

矢川ピアノ工房は広島の市街から山を二つ越《こ》えたところにあった。

すぐ近くまで山が迫《せま》り、工房の脇を小川が流れ、周りは田んぼが広がっている。そこにポツンと工房はあった。

久美子が工房の呼《よ》び鈴《りん》を押してしばらくすると矢川がドアを開けて顔を出した。

「どうしんさった?」

「菜々子がご迷惑《めいわく》をお掛《か》けしました」

「ええですよ」

「……けど、若い娘《むすめ》をトラックに乗せるのはちょっと不用意じゃないですか」

「何を言うとるんです。わしは菜々子さんに頼《たの》まれて乗せてきただけじゃ。二人きりで車に乗っとったんが悪いならタクシーも同じじゃ」

「そういうことじゃないですよ……」

「わしゃ、あんた方にかまけてるわけにいかんけえ。菜々子さんを乗せたんが悪かったんじゃったら謝《あやま》りますけえ、もう関わらんでくんさい」

「そうですね」

「え?! 待って！ お母さんも矢川さんもそんなの……」

「菜々子さん、わしもお母さんに賛成じゃ。お母さんはあんたを思うて言うとるんじゃけ。困らせんであげんさい」

「私を広島から遠ざけたいんでしょ? おばあちゃんのこと教えてくれないのはそうだからでしょ?」

「…………」

「そうじゃよ。広島の親はみんな子供のことを真っ先に考えよる。本当に広島のことを知りたいんなら、そういうことをよく勉強しんさい」

強い目で見据《みす》える矢川に菜々子は言葉が出ない。

矢川は神妙《しんみょう》に久美子に頭を下げた。

久美子もまた矢川に丁重《ていちょう》に頭を下げた。

帰りのバスでは久美子も菜々子も無言だった。

菜々子は釈然《しゃくぜん》としなかった。何のために母は矢川の工房を訪《おとず》れたのだろう。矢川に言われたこともずっと頭に残っていた。

バスセンターでバスを降りると、そごう百貨店のレストラン街にある適当な店で昼ご飯を食べ、滞在中《たいざいちゅう》にいるものや夕飯の買い物をした。久美子が「疲れた」と言うので、路面電車に乗らずにタクシーで祖母の家まで帰った。その間、菜々子は久美子と会話のようなものをしなかった。

家に着くと、久美子は買ってきたものを整理して家中を掃除《そうじ》した。

菜々子は座卓を鍵盤《けんばん》に見立ててこれまで大学で習ったバイエルやブルグミュラーの「シュタイヤー舞曲《ぶきょく》」などを弾いた。

ここまでは弾ける。

菜々子はベートーヴェンの楽譜《がくふ》をめくるが、英語を覚えたての生徒が英字新聞を読むようにほとんど譜面が頭に入ってこなかった。

寝室の布団を縁側《えんがわ》に干した久美子は、はたきで茶簞笥《ちゃだんす》の埃《ほこり》を落とし始めた。今どきあまり見かけない掃除道具を菜々子は不思議そうに見た。

久美子は埃をはたきながら千恵子の写真や父と母が一緒に写った写真などを眺《なが》めた。そして、その脇に折り紙のピアノが飾《かざ》ってあるのに気づいた。

「これ?」

「おばあちゃんの部屋で見つけた」

「ずっと置いてあった?」

「楽譜の中から見つけて飾ってみた」

「全然気づかなかった」

久美子は折り紙のピアノを手に取って千恵子の写真と見比べた。

菜々子はピアノの練習をしながらそうした母の様子を見ていた。

陽が翳《かげ》ってくると久美子は夕飯の準備を始めて、食べ始めたときに日が暮れた。

座卓に向かい合って夕飯を摂《と》る久美子と菜々子。

小イワシの刺身《さしみ》、がんす（揚げかまぼこ）、子持ち昆布《こんぶ》の佃煮《つくだに》など地元のおかずが並んだ。どれも百貨店の地下で買ったものを簡単に盛り付けただけの献立《こんだて》だが菜々子には母が美味しそうに食べているように見えた。

「被爆二世ってそんなに隠《かく》さなければいけないことなの？」

「菜々子が自分で調べるといいわ」

「じゃあ、そうする」

「おばあちゃんはお母さんを三十五のときに産んだの。お母さんが菜々子を産んだのと同じ歳《とし》」

「…………」

「今は珍《めずら》しくないけどその時代は遅《おそ》いほうだった」

菜々子は母が何を語り始めたのか分からなかった。

「……お母さんの上に兄がいたの」

「え？」

さらりと言ったがかなり衝撃的《しょうげきてき》なことだった。

菜々子はその後ずっと気になって母の言葉が頭から離れなかった。

ガス釜《がま》の風呂《ふろ》を沸《わ》かして入って、母と娘は早めに床《とこ》に就《つ》いた。

菜々子は閉じている目をうっすらと開けた。薄暗《うすぐら》い室内が常夜灯でぼんやりと見える。目を横に向けると久美子が仰向《あおむ》けで目を閉じていた。

「お母さん……」

「ん?」

菜々子が呼びかけてみたら母もまだ起きていた。

「お母さんのお兄さんはどうして亡《な》くなったの?」

「お母さんが五歳《さい》のとき、白血病で……」

「それって……」

「原因は分からないそうよ」

「…………」

「そういうことがここではたくさんあったの……」

菜々子は言葉が続かなかった。原爆資料館《げんばくしりょうかん》で見たたくさんのことが頭に浮《う》かんできた。母にお兄さんがいてそんな幼いころに亡くなっていたなんて知らなかった。母が広島を避《さ》ける理由の一つなのかもしれないとも思ったし菜々子にとっても衝撃的な事実だった。

菜々子は目をつぶった。

瀬戸《せと》内海式《ないかいしき》気候らしい爽《さわ》やかな朝を迎えた。四十雀や雀が鳴いている。

寝室では菜々子がまだ寝ている。

どこからか「悲愴」第二楽章の調べが響いてくる。

菜々子はすぐに起き上がって隣《となり》を見ると布団が畳《たた》まれていて母はいない。菜々子は寝室を出て茶の間に向かった。廊下を通《とお》り抜《ぬ》けて茶の間の鴨居《かもい》をくぐると久美子がラジカセで「悲愴」第二楽章を聴いていた。

「あら」

久美子は菜々子が驚いた顔をしているのを不思議そうに見た。

この曲が流れてくると夢うつつでおばあちゃんを見たり、東京からお母さんが来ていたり、これまで不思議なことばかりあった。

何なのだろう……、混乱しながら菜々子は尋《たず》ねた。

「そのピアノって……」

「たった一つ残っている想《おも》い出《で》の録音」

「……弾いてるの、おばあちゃん？」

久美子はかぶりを振《ふ》ってラジカセを止めた。

「この録音はお母さんの演奏よ。お母さんが中三のとき、発表会で演奏したものなの」

「お母さん、弾けるの?!」

驚く菜々子をよそに久美子はラジカセを再生させる。

「悲愴」第二楽章の旋律が再び流れる。よく聴くと菜々子がデジタルオーディオプレーヤーで聴くのと音の質がまったく違《ちが》うのが分かる。母が中学校三年生の録音だから一九七八年か、当時の録音状況《じょうきょう》もよくないのでサーッというホワイトノイズもやや気になる。時折咳払《せきばら》いなどが入るのはもしかしたらおじいちゃんだろうか。じっくり聴くといろんなことが気になった。

何よりも、このピアノを弾いているのがお母さんだったとは……。

演奏が終わると観客席から拍手《はくしゅ》がわいた。久美子はそこでラジカセを止めた。

「お母さんが弾かなくなって、おばあちゃんも弾かなくなった。お母さんが最後の生徒だった……」

久美子は茶の間から縁側の戸を開けて庭を眺めるように板間に座《すわ》り込《こ》んだ。菜々子もまた母の隣に座った。

「おばあちゃんはお母さんに弾かせようとした。自分の想いを子供に託《たく》したかったんだろうけど、お母さんはそれがいやだった」

「……それでピアノをやめたの？」

「若いときは親の気持ちなんて考えないもんだね」

「え？」

菜々子は母が言っていることが何を指すのか分からなかった。自分のことを言いながら私のことも言っているのか、でも私はどちらかというとお母さんを見て幼稚園《ようちえん》の先生を目指している。広島に来たことを言っているのか、そうだったらお母さんのほうこそ私のことを考えないで勝手に広島から遠ざけている。考えて遠ざけているのかもしれないけれど、私の気持ちを考えないで私のことを考えている。菜々子はそれでも母が広島に来たことに大きな意味があるように思った。

「お母さんは帰るから、菜々子が自分で確かめてらっしゃい」

「いいの？」

「その代わり連休が明けたら学校優先だからね」

「うん」

久美子は縁側に自分の布団を一時間ほど干してから寝室の押《お》し入《い》れに仕舞《しま》い、身支度《みじたく》をした。

その間に菜々子が簡単にベーコンエッグをつくってコーヒーを淹《い》れた。

朝食を早く済ますと久美子は大きな鞄《かばん》を持って、菜々子もよそ行きの身繕《みづくろ》いをして縁側の雨戸を閉めて玄関《げんかん》を出た。

鍵《かぎ》を掛ける菜々子に「無くさないでよ」と久美子は言った。

菜々子はしみじみと家を見上げた。

「原爆ドームのあたりからこの家まで歩いてみたけど、この距離《きょり》でよく無事だったね、ピアノもおばあちゃんも」

「そうね。こんなこと言ったら不謹慎《ふきんしん》だけど、あの当時じゃ結構しっかりした家だったのよ。それに、比治山のお陰《かげ》で爆風《ばくふう》が遮《さえぎ》られたのもあるみたい」

久美子の目線の先、住宅街の先に比治山が見えた。菜々子も母の視線の先を追って比治山を見て、また家を見た。

「ふうん……」


あの日、千恵子の家からピアノの音が漏《も》れ聞《き》こえていた。

窓の中にピアノを弾いている少女が見える。十七歳の千恵子だ。

千恵子はセーラー服に着物スカート姿で楽譜を見ながら「悲愴」第二楽章を弾いている。

旋律が高揚感《こうようかん》を増していくと弾いている千恵子も気持ちが入り込んでいった。

千恵子は楽譜をめくろうというところで誤って楽譜を落としてしまった。

拾おうと屈《かが》みこんだ瞬間《しゅんかん》、突然《とつぜん》の閃光《せんこう》が走った。

「おばあちゃんは倒《たお》れたピアノと壁《かべ》の間になって助かった。ピアノのお陰で爆風もガラスも浴びなくて済んだそうよ」と久美子は比治山を眺めて言った。その表情には複雑な感情が現れているように見えた。千恵子が助かったお陰で自分がいて娘がいる。しかし、助かったことに千恵子が負い目を感じ、久美子もまた母の負い目を感じたのではないだろうか。

母と歩きながら菜々子は考えた。

二人は、路面電車でバスセンターに行き、久美子は大きい荷物をコインロッカーに入れてバスで矢川の工房に向かった。

工房の中では作業台にピアノから取り外した鍵盤が載《の》せてある。そのうちの取り出した一本の鍵盤のハンマーの可動部分を動かして確認《かくにん》する矢川。

千恵子のピアノを直している。二十年以上弾いていなかったため劣化《れっか》して戻らなくなった鍵盤がいくつもあり、波打つようになっていたのだ。

ハンマーを戻す役割をするブライドルテープが切れているのでそれを取《と》り替《か》えていた。手先の器用さが問われるとても細かい作業だ。

直したハンマーを元の位置に取り付けて鍵盤を叩《たた》いてハンマーの動き具合を試《ため》した。

張《は》り詰《つ》めた空気の中、千恵子のピアノの向こうで菜々子と久美子がジッと見守っている。

「ハンマーがどれもダメになっとるけえ鍵盤が戻らんのじゃ」

矢川の説明に久美子と菜々子は小さく頷《うなず》いた。

「鍵盤一つ一つ直すのは根気がいるんですね」

「八十五の鍵盤を全部じゃ。今のピアノは大体八十八鍵なんじゃがな。それでも八十五もある。中高音の弦《げん》は鍵盤一つにつき三本ずつ弦を張り直す。弦は二本だけ切れとるがあとは全部被爆したときのままじゃ」

「気が遠くなります」

「それでもだいぶようなってきました」

「演奏できるようになりますか？」

「……まだ分からんです」

菜々子は不安そうに矢川と久美子の顔を交互《こうご》に見た。

「菜々子さんから聞いとらんかったですか？」

「いえ」

久美子は菜々子を見た。

「できるだけやってますが、ちゃんと弾けるようになるか分からんのですよ」

「そうなんですか?!」

「ちょっとずつでも弾いとればよかったんですけどねえ」

「母は私に弾いてほしくてピアノを私に譲《ゆず》ったんですが、私は広島を避けて家を出てしまいました。母はしばらく弾いていたみたいです。この子に弾いてほしくて教えられるようにと練習していました」

「やっぱりそうだったの？」

驚く菜々子に久美子は頷いた。

菜々子は思い立って矢川に詰《つ》め寄《よ》った。

「矢川さん！　どうにか直してください！　ピアノを弾けるように直して！」

「やめなさい！　はしたないでしょうが」

久美子ははやる菜々子を制止するが、自分ももどかしい。

菜々子は母に制されて落ち着くと複雑な表情のまま俯《うつむ》いた。

「お母さんが悪かったのよ。もっと大切にすればよかった。矢川さん、親子でご迷惑をお掛けしてしまってすみません」

「ええですよ」

久美子はただ頭を下げた。

菜々子よりも久美子のほうが動揺《どうよう》しているように見えた。

帰りのバスでは言葉がなかった。

バスセンターに着くと、久美子が「少し歩こうか」と誘《さそ》って二人は歩いて原爆ドームに向かった。

久美子と菜々子は原爆ドームの前に並んで立つと厳《おごそ》かな気持ちで見上げた。二十年以上向き合ってこなかったが真正面からこの建物を見ようと久美子はこの場に立った。二人はしばらく原爆ドームを見上げていた。

観光客が行き交いガイドが説明をしているのが聞こえてくる。

原爆ドームはもともと、大正四年に建てられた広島県産業奨励館《しょうれいかん》という当時の広島の文化を担《にな》う場所で、物産品を展示販売《はんばい》したり美術展なども開催《かいさい》されていたのだという。子供たちの遊び場にもなっていて、階段の手すりを滑《すべ》り台《だい》のようにして遊んでいたといったことをガイドが説明しているのが菜々子の印象に残った。

今はまったく違う象徴《しょうちょう》になっている。

やがて、久美子は原爆ドーム前の川へと続く石段を下りた。

菜々子も久美子に続いて二人は石段に座った。

「おばあちゃんのこと話すね、菜々子に話してなかったこと」

久美子は遠い目をして話を続けた。

「おばあちゃんがよく話を聞かせてくれた。……日曜日に印刷物を届けるお手伝いをしていたんだって」

「印刷物？」

「おばあちゃんの実家が印刷屋さんで、休みの日はお得意の店に印刷物を届けるお手伝いをしていたそうよ。今のおばあちゃんの家は、昔は実家の印刷屋さんの敷地《しきち》の中にあったの。今は会社が大きくなって三篠《みささ》のほうへ移転しておばあちゃんの家だけ残ってるの」

菜々子は対岸の木々がこんもりしているあたりを見て、そこに街があったことを想像しながら聞いた。

「平和公園になっているこの一帯は中島本町《なかじまほんまち》という街だった。映画館や喫茶店《きっさてん》があって賑わっていて配達が多かったんだって」

中島本町をもんぺ姿の若い千恵子が風呂敷《ふろしき》の荷物を大切そうに持って歩いている。

「あるとき配達に行くと、どこからかピアノの音が聞こえてきて、音のするほうを辿《たど》っていくとハイカラな喫茶店から美しいピアノの音が漏れてきていたそうで、お店の外でその音を聴いていたんだって……」

千恵子は大正屋呉服店《たいしょうやごふくてん》を過ぎると、美しい音楽が流れているのに気づき、路地を曲がってピアノの音のするほうへ小走りに向かった。

そして音がしていた喫茶店の前で立ち止まってそっと窓の中を覗《のぞ》くと、店主が蓄音機《ちくおんき》でＳＰ盤《ばん》のレコードを掛けて聴き入っていた。

千恵子は通りの往来も気にせずに店の外で美しい旋律のピアノ曲をしばらく聴いていた。

すると、店主が窓の外の千恵子に気づいて手招きをした。目が合って驚いた千恵子だったが店主に招かれて店の中に入れてもらい、蓄音機の前の特等席でレコードから流れる美しい旋律を聴かせてもらった。

「そのとき流れていたピアノの曲が『悲愴』だったんだって」

そう話すと久美子はしみじみと対岸を見た。

「おばあちゃんはそのときのピアノの音が忘れられなくて、学級でトップになったらピアノを買ってもらう約束をして努力して学年の首席になった。……そしてピアノを買ってもらって、喫茶店で覚えたピアノ曲を練習して弾いていたんだって」

石段に座って話していた久美子は突然立ち上がった。それに驚く菜々子。

「十七歳のときに原爆が落ちた。おばあちゃんは被爆したけど命は助かった。八月六日のその日は月曜で勤労奉仕《ほうし》に行く日だったけど、おばあちゃんの班は遅く出かける順番だったんだって。……早く出かけた班の人たちは爆心《ばくしん》近くで作業をしていたそうよ。それに、前の日だったらおばあちゃんは印刷物を届けて喫茶店に出かけていた」

「喫茶店は？」

菜々子の素朴《そぼく》な質問に目をつぶって答える久美子。

久美子と菜々子は相生橋《あいおいばし》を歩いて丁字路《ていじろ》のあたりにやってきた。欄干《らんかん》に肘《ひじ》をついて寄《よ》り掛《か》かると平和公園のほうを眺めた。

「あの時計の向こうのあたりに喫茶店があったそうよ」

菜々子は久美子が指し示す平和の時計塔《とけいとう》の先を見た。

「このあたりが原爆の投下目標だった。この橋の丁字路を目印にしたんだって……」

ちょうど菜々子が母と並んで立っているすぐ先が丁字路だ。菜々子はその上空を見上げた。

空は晴《は》れ渡《わた》っていた。

あの日もこんな空だったのだろうか……。

「ピアノとおばあちゃんは、傷を負ったけど生き残った。だけど、しばらく弾けなくなった」

平和の時計塔の奥《おく》にある平和の鐘《かね》を誰《だれ》かが鳴らした。

菜々子には中島本町を風呂敷を抱《かか》えて小走りで駆《か》け抜《ぬ》ける千恵子が見えた。

この町で暮らしていた人たちが通りを笑いながら行き交っているように見えた。

久美子と菜々子はまた歩き出して原爆資料館の休憩所で飲み物を買って休んだ。

ベンチに座って飲み物を飲むと菜々子は「意外だった……」と母を見た。

「どうして？」

「お母さんは広島を避けてたからおばあちゃんのことも何も興味ないのかと思ってた」

「よく分かり過ぎていたから避けたかったのかも……」

よく分からない答えだったけれど、菜々子は何となく分かった気がした。

バスセンターに立ち寄ってコインロッカーに預けていた久美子の鞄を取り出すと、二人は路面電車に乗って広島駅に向かった。

駅に着くと、久美子は自動券売機で切符《きっぷ》を買って新幹線の改札口の前に来た。

「それじゃあ気を付けてね」と菜々子を振《ふ》り返《かえ》った。

「うん」

「夜は必ず電話するのよ」

「はいはい」

軽く答えた菜々子に久美子は釘《くぎ》を刺《さ》すように「目をつぶるのは今回だけだからね」と念を押

す。

「はーい」とやはり軽く答える菜々子に呆《あき》れ顔《がお》で久美子は改札に入っていった。

見送る菜々子は振り返った久美子に笑顔で手を振った。

久美子は笑顔を返して奥へと消えていった。

菜々子は駅からの道すがら比治山に登ってみた。

おばあちゃんの家の近くに、山のふもとから山頂近くまで登っていくことができる長いエスカレーターがあり、幼いころにおばあちゃんとお母さんと登ったことがあった。でも駅からは反対側だったし、歩いて登りたかったので菜々子は比治山神社の脇から歩いて登った。

売店の脇を抜けて少し登っていくと、木々に囲まれた長い階段の先に、五メートルはあるだろう巨大《きょだい》で不思議な彫刻《ちょうこく》が屹立《きつりつ》する広場があった。幼いころにここではしゃいだ記憶《きおく》がある。おばあちゃんが見守っていてお母さんと追いかけっこをしたのだ。お父さんもいたかもしれない。広場の突端《とったん》からは市街を見渡《みわた》せる。菜々子はビルが立ち並ぶ大きな町並みを見渡した。原爆ドームが見えないか探してみたが林立するビルで見えそうもなかった。方角はどっちだろうか、リーガロイヤルホテルの高いビルがあるのであの少し左ぐらいか。あの上空六百メートルで炸裂《さくれつ》して街を一瞬《いっしゅん》で壊滅《かいめつ》させた爆弾《ばくだん》……。この山があったからおばあちゃんは助かったのだ。こうしてみるとそれがよく分かった。

同じ広島で暮らしていた人たちが一瞬にして命を奪《うば》われたあの日。生き残った人は複雑な気持ちだったのだろうということを菜々子は改めて考えた。

山を下りる際はエスカレーターに乗った。ふもとからおばあちゃんの家までは菜々子の足で五分ぐらいだった。

菜々子は家に戻ると茶箪笥のおばあちゃんの写真に「ただいま」と言って折り紙のピアノを手に取ってみた。

折り紙のピアノを元に戻しておばあちゃんの部屋に向かうと菜々子は棚《たな》の前に座って後で読もうと思って読まずにいた日記を手に取った。

陽が翳ってきたので電気をつけてピアノが置いてあったであろうあたりの漆喰《しっくい》の壁にもたれて座って菜々子はおばあちゃんの日記を読んだ。

日記は二〇一四年から始まっていた。

その日何があったか一行か二行ぐらいに簡潔に書かれていて、日によって長い日記もあった。

「おじいちゃんの十七回忌《かいき》をやりたかったが久美子が忙《いそが》しくて広島に来られないからできないと言う、悲しい」

「菜々子の受験勉強、幼稚園の先生を目指す。ピアノを教えに行く提案するが久美子に断られる」

「夫の十七回忌。お寺様にお経《きょう》だけあげに来てもらう。お墓参り。被爆した私より先にいって十六年。あっという間」

「久美子から冬の肌着《はだぎ》、羽毛《うもう》布団、暖かい」

「菜々子合格。よかった。ピアノ弾けるか心配。楽譜を送ろうか思案」

「久美子から菜々子にピアノ教えてほしいと連絡《れんらく》。体調戻ったら試しに一か月行くことに」

「ときどき息苦しい。呼吸に力が入らない。明日医者にみてもらう」

日記はここで終わっていた。

最後の日記を書いたその夜亡くなっていた。死ぬ間際《まぎわ》はどんなことを考えていたんだろう。

菜々子はハンカチが間に合わなくて袖《そで》で涙《なみだ》をぬぐっていた。

陽が暮れていて明かりをつけたこの部屋だけ明るかった。

5

広島の山間部は古い立派な造りの家が多く残っていた。屋根瓦《やねがわら》はこの地方特有の赤茶色をしている。耐久性《たいきゅうせい》のある石州瓦《せきしゅうがわら》なのだという。冬の寒さが厳しいからこその景観なのだろう。

そのうちの一軒《けん》からピアノの単音が鳴《な》り響《ひび》いてきた。

洋間に置かれたアップライトピアノの上前板が外されている。

矢川がチューニングハンマーを回しながら鍵盤《けんばん》を一音ずつ叩《たた》きピアノの調律をしていた。

静寂《せいじゃく》の中、「ターン、ターン」と単音が響《ひび》く。

菜々子が部屋の片隅《かたすみ》で、調律をしている様子をジッと見ていた。

矢川は真剣《しんけん》な表情で音を合わせていく。ギターのチューニングのようにチューニングハンマーを締《し》めると音が上がる。一つの鍵盤の調律が早い。

ターン、ターン、ターンとわずかずつ音が上がって室内に響いた。

調律が終わって矢川の軽自動車に乗る矢川と菜々子。

「すまんのう。一件調律の仕事が入ってしまってな」

「いいえ。普段《ふだん》は調律が多いんですか？」

「いや。ほとんど息子《むすこ》に任せておるんじゃが、昔から馴染《なじ》みのお客さんはわしが行くんよ」

「へえ」

「調律師じゃけえ」と笑う。

「息子さんが継《つ》いでいるんですか？」

「言わんかったか。名古屋で調律しておったんが三年前に嫁《よめ》と子供連れて戻《もど》ってきて後を継いでおる」

「そうなんですね」

「普段調律に出とるけえ、あまり会わんかったのオ」

「ええ」

「そのうち紹介《しょうかい》するけえ」

「はい。調律は繊細《せんさい》な作業なんですね」

「鍵盤一つの音は単音に聞こえるじゃろ。でも、あれは三本の弦《げん》の音が合わさって一つの音になる。調和すると音が豊かになる」

「調和……」

「ほうじゃ。……会わせたい人がおる」

「はい」

会わせたい人が誰《だれ》なのか、菜々子は気になった。

二人は同じ広島市内の山あいから市街に向かった。

瀟洒《しょうしゃ》な和洋折衷《わようせっちゅう》の家の前に車は停《と》まった。

矢川は菜々子を連れてこの家を訪ね、家人らしい女性が応対して矢川と菜々子を家の奥《おく》へと案内し、岩井守彦《いわいもりひこ》がベッドに横になっている部屋へと通した。

「お義父《とう》さん、矢川さんです」と言って矢川に簡単に挨拶《あいさつ》をして出ていった。女性は、この岩井という男性の息子の嫁とのことだった。

岩井は矢川を見て体を起こした。

「矢川さん、素敵《すてき》なお客さんを連れてきてくれんさってありがとう……」

「この人のおばあさんもピアノを持っとられたんです。被爆《ひばく》当時十七歳《さい》だったそうじゃけえ岩井さんとは六つ違《ちが》いますかね」

「お邪魔《じゃま》します。江口菜々子です」

「病気で体が動かなんもんで、ここで失礼します。こんなお若い方が興味を持ってくださるなんて嬉《うれ》しいですよ」

「あの時代はピアノ一台が家を買えるぐらいしたそうで……」

「ええ。ピアノは我《わ》が家《や》の家宝みたいなもんじゃった。私は本当に恵《めぐ》まれとりました。親が音楽教師でしたけえ家にピアノがあったんです。人生の多くをあのピアノと一緒《いっしょ》に生きてきました。矢川さんには、私の分身だと話しました」

岩井は一気に話すと少し疲《つか》れたようでベッド脇《わき》に置いてある吸い口で水を飲んでから息を整え直して再び話し始めた。

「矢川さんの活動を何かで知って、ピアノとしてさらに生きていけるなら、原爆《げんばく》、戦争、核兵器《かくへいき》の恐《おそ》ろしさを伝える役割を果たしてもらいたい。……そがいに考えて、矢川さんにこのピアノを託《たく》したんです。弾《ひ》く人を通して共感が広まってくれりゃあ私は嬉しい……」

岩井の強い言葉に圧倒《あっとう》されている菜々子に岩井はさらに続けた。

「八月六日の朝は突然《とつぜん》じゃった。私は父と弟と家におるときに被爆しました。木造じゃけえ家が崩《くず》れて私と弟はその下敷《したじ》きになりました。もうおしまいかと思いましたが、川があったお陰《かげ》で火が回ってこなかったのが幸いしました。ほいじゃが、母が出かけていて、爆心《ばくしん》から七百メートルぐらいのところで被爆して、川向こうの広島刑務所《ひろしまけいむしょ》のところまで帰ってきたらしいんです。目と鼻の先のところまで来とったのに帰ってこれんかった。聞くと、私や弟の名前を呼び続けていたらしい。翌朝、母親は全身火傷《やけど》で亡《な》くなりました」

菜々子は言葉が返せない。

「何も言えんよね」と矢川は菜々子を気遣《きづか》う。

「ごめんなさい……」

「……ええんですよ聞いてくださるだけで。被爆者が百人おれば、百通りピカの体験があると思います。……戦争はいかんですよ。戦争なんかしちゃいかんのですよ」

言い終え息苦しそうな岩井の背中を矢川がさすってやった。

菜々子は岩井の気迫《きはく》に圧倒されて言葉を発することも動くこともできない。身体《からだ》が震《ふる》えていた。祖母は別として被爆体験者と向き合って話すのは初めてだった。

矢川は岩井に丁寧《ていねい》に挨拶をして辞した。

川沿いの公園に軽自動車を停めると、矢川は菜々子を連れて公園を抜《ぬ》け、土手の遊歩道にやってきた。

菜々子は押《お》し黙《だま》ったまま。だいぶ収まったがまだ膝《ひざ》が震えていた。

「気にせんでええ。広島にはこういう話がえっとある。岩井さんの家はこのあたりにあった」

と、振《ふ》り返《かえ》って軽自動車を停めた奥の住宅街に目を向けた。

「……このあたりで生き残るんですね」

「それでも、爆心から一・五キロじゃ」

「近いですね。おばあちゃんの家よりずっと近いです」

「広島刑務所はあれじゃ。岩井さんのお母さんは、あの川のたもとまで来とったんじゃのう。家までほんのそこなのにのう……」

矢川は川の対岸に建つ刑務所の建物を見やった。菜々子は矢川の目線の先を追った。そして岩井の家があった方向を探した。

菜々子は運命が理不尽《りふじん》であることを強く感じた。

「さて、行くかのォ。おばあちゃんの家まで送ればええか？」

「はい。あ、いえ。せっかく広島にいるんでもう少し街を見て帰ります」

そう言う菜々子を矢川は平和記念公園まで車に乗せてきた。

矢川は菜々子を連れて歩いて修学旅行生が被爆ピアノで合唱した親水テラスに来て立ち止まると、対岸の原爆ドームを見やる。

「二〇〇一年に始めてから毎年八月六日に被爆ピアノコンサートをしとる」

「私、観に来《みき》ます」

「おばあちゃんのピアノは間に合わんかもしれんよ」

「いいんです、それでも。八月六日はここにいたいんです」

「ええよ。だったらコンサートで弾いてみるか？」

「弾くのは無理です。まだまだ初歩だし、それに、自分が広島のことを分かったのかどうか分からないんです」

「禅問答《ぜんもんどう》みたいじゃな。やってみりゃええんよ」

「でも……」

「菜々子さんは慎重《しんちょう》じゃのう。わしゃ両親とも被爆しとるが、この活動をするまで原爆のことなんか興味なかったんよ。活動を始めた当初もそうじゃった。それでええと思うとる。やっていれば分かるようになってくるんよ」

「……そうなんですか」

「臆病《おくびょう》すぎなんじゃよ。最初にわしのところに飛《と》び込《こ》んできたみたいに余計なことは考えないでやればええんじゃ」

「……はい」

「返事が弱いのう」

「はい！」

「それでええ。街を見ると言ってたがまだ時間はあるか？」

「はい」

「ほいじゃ」

矢川は菜々子に見せたいものがあった。

ピアノ工房《こうぼう》に菜々子を連れてくると、作業場の奥に通した。そこは値札のついた中古ピアノが何台も展示してあり、ソファが置かれていた。

スタインウェイのグランドピアノを始め、国内外の高級なピアノから手頃《てごろ》なアップライトピアノまで修理をしたものを展示販売《はんばい》しているのだという。

菜々子は矢川に促《うなが》されてソファに座《すわ》った。壁《かべ》を見上げると写真が二つ飾《かざ》ってある。一つは遺影《いえい》のような老人の写真、もう一つは制服を着て誇《ほこ》らしげに写っている写真。

「それはどっちも父の写真じゃ。父は七十八で亡くなった。若いころのは被爆する前の写真じゃ。父は二十六のときに被爆して、爆心から一キロで生き残ったのは奇跡《きせき》じゃったが、それから五十年以上もよう生きた」

矢川はそう言うと奥に何かを取りに行った。そして、長い物を包んである風呂敷《ふろしき》を持ち出してきて菜々子の前で解いて広げた。それは六十センチほどの短い刀だった。

「これはのオ、父が被爆したときに腰《こし》に差しとった刀じゃ。父がずっと大事にしとった」

矢川は割れそうな鞘《さや》を抜いて菜々子に見せた。

刀は錆《さ》びついて刃《は》が零《こぼ》れている。

「わしの父は消防士で、その日は昇格《しょうかく》の拝命か何かで広島西消防署に朝から出向いとった。階段の踊《おど》り場《ば》で同僚《どうりょう》と話をしとるときにドーンという衝撃《しょうげき》で気がついたら建物が崩れて下敷きになっとったそうじゃ。片手が折れとったようだったが、この短刀をもう一方の手で抜いて被《かぶ》さっていた瓦礫《がれき》に突《つ》き刺《さ》して抜《ぬ》け出《だ》すことができたそうじゃ」

菜々子は言葉が出ない。岩井に話を聞いたときもそうだったが、被爆した人たちの話はそれぞれが違う形で被爆していてそれぞれの重さがあった。

「この短刀があったから父は焼けずに済んだ……」

矢川はゆっくりと短刀を鞘に収めた。

「これがなかったらわしはおらんかった」

「…………」

菜々子はこういうときに言葉が出てこないことが悲しく恥《は》ずかしかった。これまで勉強もしっかりしてきたし間違《まちが》ったことをしないできたつもりで、ある程度きちんと生きているという自負もあった。でも、こうした人の極限に触《ふ》れたときに自分は何も言葉を発することができないことを思い知らされるのだった。

菜々子は必死に自分の想《おも》いを絞《しぼ》り出《だ》した。

「おばあちゃんのピアノ、見せてもらえますか？」

「ええよ」

そう言うと矢川は修理中の千恵子のピアノの前に菜々子を連れてきた。

「お母さんと来たときにもう何度か見とるがの」

「でも、こうして間近でしっかり見せてもらうのは全然違います」

菜々子は修理途中《とちゅう》の祖母のピアノに見入った。そして被爆したときについただろう傷を確かめるように指で触れた。

矢川は奥の棚《たな》からガラス瓶《びん》を取り出してくると蓋《ふた》を開けて菜々子に見せた。

菜々子は瓶を覗《のぞ》き込《こ》んだ。

「ガラス、……ですか」

「そう。ピアノの中からこんなもんが出てきたんよ」

矢川は瓶いっぱいに入ったガラス片《へん》を作業台に広げて一つ一つを手に取って見せた。

「ピアノの隙間《すきま》にえっと入っとった。飛び散った窓ガラスがずっとピアノの隙間に挟《はさ》まっとったんじゃろオな」

菜々子は手のひらにガラス片を載《の》せてもらいジッと見つめる。

手のひらのガラス片が反射で光った。

菜々子は意を決して矢川を見据《みす》えた。

「矢川さん、やっぱり弾かせてくれませんか？」

「ん？」

「八月六日、弾かせてください！」

「それまでに弾けるよう練習せんとな」

「はい！」

菜々子はこれまでなかったぐらいに目が輝《かがや》いた。

大学受験で志望校に合格したときの喜びなどとは比べものにならないぐらいに嬉しい。というより比べるものがそんなことしか浮《う》かばなかったことがむしろ恥ずかしい。それぐらいに嬉しかった。

次の朝、広島は雨だった。

菜々子は起きると縁側《えんがわ》の窓を開けて雨に濡《ぬ》れないように気をつけながら布団《ふとん》を軽く叩いて畳《たた》んで寝室《しんしつ》の押《お》し入《い》れに仕舞《しま》った。

身支度《みじたく》をして荷物をまとめると最後に座卓《ざたく》に置いてあった楽譜《がくふ》に折り紙のピアノを挟んで鞄《かばん》の中に仕舞《しま》い込《こ》んだ。

家の中を見て回り、風呂釜《ふろがま》のガスの元栓《もとせん》を締《し》めて台所の冷蔵庫の中を確認《かくにん》して電気コードをコンセントから抜いて、縁側の雨戸を閉めて施錠《せじょう》して、茶の間に戻っておばあちゃんの写真に挨拶をした。

「おばあちゃん、また来るね」

菜々子は玄関《げんかん》の鍵《かぎ》を掛《か》けたのを確認すると、折《お》り畳《たた》み傘《がさ》を差して駅に向かった。雨だったが駅まで歩きたかった。

駅に着くと土産《みやげ》を買って軽く昼食を摂《と》って新幹線に乗った。

菜々子は走り出す新幹線の窓から広島の街を目に焼き付けるように見た。

雨に濡れたマツダスタジアムが車窓を流れていった。

四時間ほど新幹線に揺《ゆ》られて東京に着いた。


東京は晴れていた。

菜々子が家に着くころには陽が暮れかけていた。

菜々子は自宅に帰って鞄からもみじ饅頭《まんじゅう》の箱を出してテーブルに置いた。

久美子がキッチンからテーブルに来て菜々子の隣《となり》に座って「どうだった？」と菜々子を覗き込んだ。

向かいに座っている公平も菜々子の言葉を待っている。

菜々子は久美子と公平の目をしっかりと見てから溜《た》め込《こ》んでいた言葉を噛《か》みしめるように吐《は》いた。

「行ってよかった」

久美子はその一言で力が抜けた。

「……なら、よかった」

「何か分かったか？」と公平が身を乗り出して尋《たず》ねた。

「広島のことを何も知らないことが分かった。おばあちゃんのことが少し分かるようになった。それにお母さんの気持ちも」

菜々子はそう言うと鞄《かばん》から古いベートーヴェンの楽譜を出した。

久美子は居心地《いごこち》悪そうに目を逸《そ》らした。しかし、菜々子が楽譜を持って帰ってきたことで何があったのか、何を思っているのか、想像できるだけのことを想像した。

「収穫《しゅうかく》があったみたいだね」

公平は菜々子がこの短期間でとても大人になったように感じた。

「でも、まだまだ知りたいことがたくさんある」

菜々子は目を輝かせて久美子と公平を見た。久美子も公平も菜々子のこんな目を初めて見たかもしれない。

久美子は安心した。菜々子が広島から帰ってきて、もしもまったく違う変わり方をしていたら、またはまったく変わっていなかったら、これ以上は菜々子を止めていたかもしれない。

「夕飯は？」

「まだ」

「そう。お母さんたちもこれからだからちょっと待ってて」

久美子は立ち上がってキッチンに向かった。

「明日から私がつくる」

「ありがとう。でも、菜々子は勉強に集中してちょうだい。いくら広島に行って変わったからってそこまで背伸《せの》びしなくてもいいんだからね」

「はいはい」

久しぶりの団欒《だんらん》を感じて二人のやり取りを公平は嬉しそうに見ていた。

食事の準備を待つ間に菜々子は鞄の中のものをかたづけてたまった洗濯物《せんたくもの》を自分で洗った。

そして、夕飯の支度《したく》ができて三人で食べた。

菜々子はこんなちょっとした幸せが奇跡的なことなのだと思うようになっていた。

夕飯を食べて久しぶりに我が家の風呂にゆっくり浸《つ》かった菜々子は自分の部屋で机に向かって広島への想いに耽《ふけ》った。

机に折り紙のピアノを飾って、ベートーヴェンの楽譜を手にしていた。

菜々子はゆっくりと楽譜をめくった。

楽譜に付いた折れやめくり皺《じわ》などが愛おしい。

そこへドアをノックする音。

菜々子が振り返るとドアが開いて久美子が顔を覗かせた。

「いい？」

菜々子が頷《うなず》くと久美子は入ってきて菜々子の脇に立った。そして折り紙のピアノに気づいた。

「持ってきたの？」

菜々子は黙《だま》って頷いた。

久美子は愛おしげに折り紙のピアノを手にした。

「……おばあちゃんはどれだけ菜々子にピアノを習わせたかったんだろうね」

「おばあちゃんの日記を読んだ」

「元気なうちにおばあちゃんの気持ちを受け入れていればよかった」

「おばあちゃんに習いたかったな……」

「ごめんね」

「ホントはもっと早く知りたかった」

「ごめん……」

手土産のもみじ饅頭が机に置かれている。菜々子が家族に買ったものより箱が大きい。

菜々子は咲の家にお邪魔してピアノを教えてもらっていた。

「シュタイヤー舞曲《ぶきょく》」をぎこちなさが残ってはいるものの最後まで弾き終えた菜々子を咲は覗き込んだ。

「ホントに『悲愴《ひそう》』やるの？」

「うん」

「いいけど、あと二か月ちょっとだよ」

菜々子は咲の目を見据えて強く頷いた。そして、譜面台《ふめんだい》のブルグミュラーの楽譜を仕舞うとベートーヴェンの楽譜を取り出して「悲愴」第二楽章を開いて譜面台に置いた。それから椅子《いす》から立ち上がって咲と代わった。

「いい？」と咲はゆっくり弾き始めた。

「ここは気持ちを込めてたっぷりと溜《た》めながら弾いて」と弾きながら指使いを菜々子に見せる。

何度も繰《く》り返《かえ》して菜々子に弾いてみせてから咲は菜々子に代わった。

菜々子は咲と同じところを弾いた。

見守る咲。

何度も同じところを繰り返し練習する菜々子は、同じところでつかえて止まった。

「菜々子ちゃん、ここのところ、この指で弾いているからこうして弾いてみて」と咲は脇から鍵盤を弾いてみせた。

菜々子は咲が弾いたとおりの指使いで弾いてみたらつかえながらも止まらず弾くことができた。

「そんな感じだと指が自然に流れるでしょ」

「うん」

咲に教わったとおりに弾く菜々子、だがたどたどしい。

つかえては続きを弾くが指が止まってしまう。

「小さいうちに習ってれば手ぐせで覚えるんだけどね。まあ、物覚えいいから練習すればすぐ弾けるようになると思うよ」

慰《なぐさ》める咲に菜々子は申し訳なさそうに頷いて苦笑いをした。

菜々子は家に帰ると夕飯を待つ間にテーブルを鍵盤に見立てて「悲愴」第二楽章の指使いを練習した。

キッチンで夕飯をつくる久美子は呆《あき》れて笑った。

電話台の写真のおばあちゃんは見守っている。

そして、菜々子は食事をすぐ済ませて自分の食器だけ洗うと部屋に籠《こ》もった。

久美子と公平はそうした菜々子を苦笑いしながらも応援《おうえん》していた。

菜々子は、紙に鍵盤を描《えが》いてその上で「悲愴」第二楽章の指使いを練習した。咲に教わってつかえたところ、指使いを指摘《してき》されたところ、指の力の強弱などを特に気を付けて念入りに練習した。

大学の帰りに咲の家でピアノを教えてもらう、菜々子はほぼ毎日、この生活を続けた。

大学で基礎《きそ》を習い、「悲愴」を咲に教わり、菜々子は二か月でものすごく上達した。

あの日、十七歳の千恵子がピアノを弾いている。

演奏に熱がこもってきた千恵子は譜面をめくろうとして楽譜を落としてしまう。

楽譜を拾おうと千恵子は屈《かが》みこんだ。

その瞬間《しゅんかん》、突然の閃光《せんこう》で目がくらんだ。

時計の針が「八時十五分」を指したまま止まった……。


菜々子の机に飾られている折り紙のピアノが倒《たお》れた。

机に突《つ》っ伏《ぷ》して居眠《いねむ》りをしていた菜々子はガバッと起きた。

菜々子は夢を見ていた。

我に返って手元を見ると、楽譜の「悲愴」第二楽章のページを開いたままになっていた。

そして、楽譜の奥で折り紙のピアノが倒れているのに気づいた。

菜々子は倒れた折り紙のピアノを立てて大きく呼吸した。

大学の音楽室、広い室内にはグランドピアノが置かれていた。
菜々子は咲が見守る中、グランドピアノの鍵盤に両手の指を載《の》せた。
しばらく間を置いて呼吸を整えてから「悲愴」第二楽章を弾き始めた。
少したどたどしいが情感を込めて弾く菜々子。
咲は目を閉じて聴《き》き入《い》る。
ところどころ詰《つ》まりかけながらも菜々子ならではの情感を出しながら弾いている。
やがて菜々子は弾き終えた。
残響音《ざんきょうおん》が止《や》むと静寂が戻った。
目をつぶって聴いていた咲は目を開けて菜々子を見た。
「これだけ弾ければ充分《じゅうぶん》だと思う。よく短期間でここまで弾けるようになったね」
菜々子は緊張《きんちょう》がほぐれて笑顔《えがお》に変わった。
「ありがとう、本当にありがとう」
矢川ピアノ工房の中、薄暗《うすぐら》い室内に千恵子のピアノがポツンと立っている。

鍵盤蓋が開けられると古く傷ついた鍵盤だが綺麗《きれい》に並んでいる。
矢川が鍵盤を単音でターン、ターン、ターンと鳴らした。
静まった室内に響くピアノの音……。それは鎮魂《ちんこん》の鐘《かね》の音のように聞こえた。

6

――八月六日の朝。

木にとまった蟬《せみ》がひっきりなしに鳴いている。

平和記念公園の時計塔《とけいとう》が八時を指している。

平和記念式典の会場では重厚《じゅうこう》な吹奏楽《すいそうがく》が鳴り式典が始まった。

大勢が参列し、厳《おごそ》かに平和記念式典が執《と》り行《おこな》われている。

少しでも式典の様子を見ようと集まる人だかりの中、菜々子は遠くからジッと見つめていた。

この中のどれぐらいの人が被爆者《ひばくしゃ》でどれぐらいの人が被爆者の家族なのだろうか、菜々子は集まった人の多さに驚《おどろ》いていた。

時計塔が八時十五分を指した。

鐘が鳴らされ、参列者が黙禱《もくとう》を捧げた。

菜々子は静かに目を閉じた。

原爆資料館の前に植えられている被爆アオギリの木は葉が青々とそよいでいる。

式典が終わり、参列した人、周りで見学していた人はそれぞれ散っていき、原爆死没者慰霊碑《げんばくしぼっしゃいれいひ》に献花《けんか》をする人の長い列ができてたくさんの人たちが祈《いの》りを捧《ささ》げた。

菜々子も一時間近く列に並んで祈った。

「安らかに眠《ねむ》って下さい　過《あやま》ちは繰返《くりかえ》しませぬから」と石碑《せきひ》に書かれた文字が強く菜々子の心に響《ひび》いた。

とても素晴《すば》らしい言葉だ。だけど、それを言い切ることができるのかどうか難しい言葉だ。

石碑の奥《おく》、アーチの間から原爆ドームの姿が見えた。もう何度も見たが、この日にここから見るその姿は違《ちが》って見えた。

菜々子はすぐに原爆ドームの前へと向かった。

原爆ドームの前では『被爆ピアノコンサート』の看板が立てられて矢川と支援者《しえんしゃ》らが会場や音響《おんきょう》機材の設営をしていた。

矢川は千恵子《ちえこ》のピアノの上前板を外してチューニングハンマーで鍵盤《けんばん》を一つ一つ調律していく。

ターン、ターン、ターン

矢川が鳴らす鍵盤の音が原爆ドームを包み空高く響いた。

菜々子は久美子と公平を見つけて合流し、矢川に挨拶《あいさつ》をした。

「この日に間に合《お》うたよ」と矢川は笑顔《えがお》で返しておばあちゃんのピアノを見せてくれた。しかし、今は触《ふ》れられなかった。

菜々子は千恵子のピアノとその奥に聳《そび》える原爆ドームを見上げた。

雲一つない高い空。あの日もきっとこんな空だったのだろう。菜々子は想像した。

――見上げた青空いっぱいに広がるきのこ雲が幻影《げんえい》で見えた。

空を覆《おお》いつくして地上に降り掛かってきそうな巨大《きょだい》で不気味なきのこ雲。それは原爆資料館で見た写真のきのこ雲だった。

幻影が消えて鳶《とび》だろうか、大きな鳥が飛び去っていった。

周囲がざわざわとしているのに気がついて菜々子が見回すと、いつしか被爆ピアノを取り囲むように観客がいっぱいになっていた。

観客も菜々子も待ちかねた被爆ピアノコンサートが始まった。

矢川が観客を前に挨拶をした。

「皆《みな》さんこんにちは。原爆が落とされて七十三年経《た》ちました。ぜひ皆さん今日は被爆当時のままのピアノの音を聴《き》いて今日の音色をずっと忘れないでいてください」

矢川が深々と頭を下げて引《ひ》っ込《こ》むと観客から拍手《はくしゅ》がわいた。

観客の後ろで他の演奏者と並んでいる菜々子は、緊張《きんちょう》のため矢川の挨拶が頭に入ってこなかった。ただ、音色をずっと忘れないでくださいという言葉は強く心に響いた。

拍手が止《や》まないうちに最初の演奏者がピアノの前に座《すわ》って歌い手がマイクの前に立った。

静かなピアノの演奏に続いて歌い手が「しゃぼん玉」を歌い始めた。

菜々子は二番の歌詞が特に心に響いた。

しゃぼん玉消えた
飛ばずに消えた
うまれてすぐに
こわれて消えた

ドームの先端《せんたん》までシャボン玉が飛んで消えたように見えた。

続いて、ピアノを伴奏《ばんそう》にした生活協同組合の女性グループのコーラスやオリジナルの反戦歌を歌う歌手、ショパンやシューマンなどクラシックを弾《ひ》く演奏家など何組かが思い思いに演奏をした。

それぞれに被爆ピアノの音色は響いた。

観客たちは皆、暑いさなかにもかかわらず真剣《しんけん》に聴き入っていた。

そして、菜々子の順番になった。

菜々子は観客の間を抜《ぬ》けて被爆ピアノの前に立つと一礼してピアノに向かって座った。

千恵子の楽譜《がくふ》を開いてピアノの譜面台に置くと楽譜を両手で摑《つか》んだまま祈るように大きく深呼

吸をした。

静まった観客たちが固唾《かたず》を呑《の》んで演奏を待つ中、重圧を感じながらも意を決して「悲愴《ひそう》」第二楽章を弾き始めた。

菜々子にはピアノの音よりも自分の心臓の鼓動《こどう》のほうが大きく聞こえた。

たどたどしいが情感を込めて弾き進めていく菜々子。

聴き入る観客たちはたどたどしさも味わいに感じて次第《しだい》に心地《ここち》よくなっていた。

久美子と公平は娘《むすめ》の晴《は》れ舞台《ぶたい》を誇《ほこ》らしく見守っている。

……が、途中《とちゅう》で演奏が止まった。

目を閉じて聴いていた観客、心地よさそうに聴いていた観客たちは驚いて何事かといった目に変わった。

菜々子は鍵盤に指を載《の》せたまま固まってしまった。

緊張してまったく指が動かなくなっていた。どうにかしなくてはと思うほど動かなくなる。

唖然《あぜん》として見ていた観客たちは次第にざわつき始めた。

矢川が心配そうに見守る。

公平と久美子も気が気ではない。

菜々子は気持ちを入《い》れ替《か》えようと固くなった指で震《ふる》えながらも楽譜を直そうとする。

……が、落としてしまった。

楽譜を拾おうと菜々子が屈《かが》みこむと、さっと拾い上げる手……。

そして菜々子を覗《のぞ》き込《こ》む顔、千恵子だ。

ハッとする菜々子。

しかし、よく見ると、楽譜を差し出していたのは久美子だった。

久美子は楽譜を譜面台に戻《もど》すと椅子《いす》に割《わ》り込《こ》むように一緒《いっしょ》に座って菜々子に手を添《そ》えた。

久美子に重なって千恵子の幻影も手を添えていた。

「落ち着いて。皆いるから」と久美子は優《やさ》しく語りかけて菜々子の手を強く握《にぎ》った。

観客の中から公平が見守っている。

久美子は曲の続きを教えるように、菜々子が止まったところからゆっくり弾き始めた。

しばらく弾いて再び菜々子に代わる。

菜々子は母から引《ひ》き継《つ》いで弾き始めるのだが、またつかえて止まってしまった。

久美子はまた菜々子に代わって続きを弾いた。

しばらく弾いて菜々子に代わろうとするが、菜々子は首を振《ふ》って俯《うつむ》いたままでいる。

久美子はそのまま最後まで弾いた。

そして、久美子は弾き終えると菜々子を促《うなが》して一緒に立ち上がって観客に深々とお辞儀《じぎ》をした。

観客は戸惑《とまど》っていたがパラパラと拍手をした。

菜々子は恥《は》ずかしくていたたまれなくなってすぐに引っ込もうとした。

そこへ矢川が近づき菜々子の肩《かた》を抱《だ》くと久美子も寄り添った。

矢川はそのまま背中を押《お》して菜々子を前に立たせた。

「こちらは江口菜々子さん。この被爆ピアノの元の持ち主のお孫さんです。もともと、ピアノを習ったこともなかったんですが、おばあさんの被爆ピアノを弾くためにこの曲をずっと練習してこられたんです」

菜々子は恥ずかしくて消え入りたい。

観客の中からパラパラと拍手が起こり、次第に大きな拍手になり、拍手が鳴り続いた。

菜々子は申し訳なさそうに小さく頭を下げた。

そして恐《おそ》る恐《おそ》る観客に目を向けると公平が誇らしげに拍手をしていた。

さらに公平の奥におばあちゃんとおじいちゃんの姿があった。

おばあちゃんは優しい笑顔で菜々子に微笑《ほほえ》みかけていた。

菜々子は自分の目を疑った。

そしてもう一度よく見るとおばあちゃんもおじいちゃんもいない。

確かめようとしたが、目が潤《うる》んで誰《だれ》が誰だか分からなくなっていた。

被爆ピアノコンサートが終わり観客はもう誰もいなくなって、矢川がトラックの昇降装置に千恵子のピアノを載せようとしている。

すっかり空は赤くなっていた。

久美子と公平、そして菜々子が矢川に近寄ってきた。

「菜々子が本当にお世話になりました」と久美子は深々と頭を下げた。

「わしゃ何もしとりませんよ。菜々子さんが自分の思うたことを行動したんです」

恥ずかしさに俯いていた菜々子だが矢川に言われて顔を上げた。

「ごめんなさい」

「どうして謝《あやま》るんじゃ。お母さんと菜々子さんのピアノはわしがこれまで見てきた演奏の中でいちばん素晴らしかったよ」

そう言われた菜々子は複雑だった。

矢川は菜々子に優しく微笑んで「スタッフがおらんようになったけえ、手伝ってくれんかのオ」と千恵子のピアノをポンと叩《たた》いた。

菜々子は頷《うなず》いて昇降装置に載せるのにピアノを支えた。

昇降装置で荷台に載せると矢川は手早くカバーを掛けて壁《かべ》に固定した。

矢川は荷台の扉《とびら》を閉めると昇降装置を畳《たた》んだ。

「改めて、ピアノはお預かりします」

菜々子は神妙《しんみょう》な顔をして頭を下げた。

「……まだおばあちゃんのことも広島のことも中途半端《ちゅうとはんぱ》だから弾けないんだと思います。……いつか上手に弾けるようになったらまた弾かせてください」

菜々子の言葉に「いつでも待っとるよ」と優しくさらりと矢川は答えた。

菜々子は感情が高まっていた。

菜々子は矢川に気持ちをうまく伝えられなくてもどかしかったが、矢川には菜々子の気持ちが充分《じゅうぶん》伝わっていた。

「さて、これから東京に向けて出発じゃ。また東京でのォ」

矢川はいつものように右手を挙げて人懐《ひとなつ》っこい笑顔を菜々子と久美子、公平に向けて運転席に乗り込んだ。

エンジンが掛かるとゆっくりとトラックが動き出した。

走り去っていく矢川のトラック。

菜々子、久美子、公平は見えなくなるまでトラックを見送った。

菜々子は向き直って久美子、公平に何かを言おうとした。

しかし、言葉が出ない。

「ピアノの練習をしっかりしないとね」

久美子のその言葉で菜々子は胸がいっぱいになった。

やがて陽が暮れて元安橋の周りが賑《にぎ》わいを見せると、川に灯籠《とうろう》が流れているのが見えた。

雁木《がんぎ》を降りて川を見つめる菜々子たち。

灯籠が次々に川を流れてきた。

「平和が続きますように」

「世界から核《かく》がなくなりますように」

灯籠にはさまざまな願いが書かれていた。

暗闇の中、絶えることなく流れていく灯籠。

菜々子はずっと灯籠を眺《なが》め続《つづ》けた。

了《りょう》

Beethoven

五藤利弘（ごとう　としひろ）
一九六八年生まれ。脚本家・映画監督。「モノクロームの少女」「レミングスの夏」などの映画作品のほか、日本テレビ「news every.」「ＮＮＮきょうの出来事」「ＮＮＮドキュメント」、フジテレビ「ＮＯＮＦＩＸ」「ザ・ノンフィクション」などの企画・構成・演出を担当。

写真　空尾伊知郎
　映画「被爆ピアノ」製作委員会
カバー写真デザイン　広木淳
装幀　大岡善直（next door design）

おかあさんの被爆《ひばく》ピアノ

二〇二〇年七月三十日　第一刷発行

著者　五藤利弘《ごとうとしひろ》

発行者　渡瀬昌彦

発行所　株式会社講談社　（〒一一二—八〇〇一）
東京都文京区音羽二—一二—二一
電話　編集　〇三（五三九五）三五三五
販売　〇三（五三九五）三六二五
業務　〇三（五三九五）三六一五

印刷所　株式会社新藤慶昌堂

製本所　大口製本印刷株式会社

本文データ制作　講談社デジタル製作

N.D.C.913　174p　20cm　ISBN978-4-06-520286-9